Littérature d'Amérique

Asphalte et vodka

Du même auteur

Les contes de l'inattendu, Québec, Le Loup de Gouttière, 1991.

Acid run, Paris, L'incertain, 1993.

Michel Vézina

Asphalte et vodka

roman

QUÉBEC AMÉRIQUE

Catalogage avant publication de Bibliothèque et Archives Canada

Vézina, Michel
Asphalte et vodka
(Littérature d'Amérique)
ISBN 2-7644-0437-9
I. Titre. II. Collection : Collection Littérature d'Amérique.
PS8593.E97A86 2005   C843'.54   C2005-940868-5
PS9593.E97A86 2005

Nous reconnaissons l'aide financière du gouvernement du Canada
par l'entremise du Programme d'aide au développement de l'industrie
de l'édition (PADIÉ) pour nos activités d'édition.

Gouvernement du Québec – Programme de crédit d'impôt pour
l'édition de livres – Gestion SODEC.

Les Éditions Québec Amérique bénéficient du programme de subvention
globale du Conseil des Arts du Canada. Elles tiennent également à
remercier la SODEC pour son appui financier.

L'auteur remercie le Conseil des arts et des lettres du Québec pour
son aide à l'écriture de ce roman.

Québec Amérique
329, rue de la Commune Ouest, 3ᵉ étage
Montréal (Québec) Canada H2Y 2E1
Téléphone : (514) 499-3000, télécopieur : (514) 499-3010

Dépôt légal : 3ᵉ trimestre 2005
Bibliothèque nationale du Québec
Bibliothèque nationale du Canada

Mise en pages : André Vallée – Atelier typo Jane
Révision linguistique : Diane Martin et Myriam Cliche

À Marie…

Chapitre 1

C'était un bar de bord de route comme il n'y en a presque plus. Pas de village autour, pas même une maison. Rien qu'un bar avec un motel à côté, un truck-stop planté là au milieu de nulle part sur le bord de la 132. Ce soir-là, nous étions trois clients et il n'y avait pas de danseuse. Seulement une barmaid souriante qui, même si elle avait sûrement longtemps gagné sa vie en montrant ses fesses à des chauffeurs de camion en rut, ne danserait pas ce soir, ni demain, ni aussi longtemps qu'elle le pourrait.

Elle en avait passé des soirées à se remonter les seins à deux mains, à les faire rouler sous le nez des hommes pour les exciter, oui elle en avait passées. Mais elle ne danserait plus. Elle n'en avait plus envie.

La soirée était un peu plate. Nous étions trois clients et personne d'entre nous ne vivait dans le coin. Julie, la barmaid, était née par ici, mais elle était partie à quatorze ans. Elle avait vécu à Montréal, à Amos et finalement à Chibougamau, juste avant de revenir dans la région, il n'y avait de ça que quelques mois. Son chum, un gars qui venait de l'Abitibi et qui, selon ses dires, n'était pas le plus brillant des imbéciles, s'était fait pincer comme un con dans une histoire de dope : il s'était arrangé pour devoir trop de fric au boss du club où dansait Julie (qui nous raconta aussi qu'on l'appelait Judith pendant

ces années-là), à Chibougamau. À cause de son épais de chum,
elle avait dû fuir et se faire toute petite. S'il ne lui était rien
arrivé de vraiment fâcheux, son chum, par contre, mangeait
une volée une fois par semaine à la prison de Cowansville.

Son ex-chum, en fait.

Parce que ça faisait partie du deal avec le boss.

— On te crisse la paix, mais tu casses hec ton sale. Si on
apprend que tu montes le voir pendant qu'y'é en d'dans, t'es
faite. Quand qu'y va sortir (si on veut bin qu'y sorte un jour),
tu y laisses te toucher rien qu'une fois pis c'est toé qu'on va
s'amuser avec, moé pis mes chums. Ç'tu compris, fefille?!

Le boss lui a serré la face assez fort pour que ses joues se
touchent en dedans de la bouche. Il a composé un numéro
sur son cellulaire, puis lui a passé son chum pour qu'elle lui
dise qu'elle le laissait.

Définitivement.

Depuis qu'elle était revenue ici, sa vie était nettement
plus calme. Elle travaillait la nuit, et le jour elle peignait chez
elle. Des visages. Des hommes surtout. Elle menait enfin une
existence tranquille, mais quelquefois elle s'ennuyait. Elle
aurait ouvert sa porte à un homme qui l'aurait aimée et qui
l'aurait rendue heureuse.

Je suis tombé là un peu par hasard. Je roulais vers Percé
où j'aurais voulu me rendre sans m'arrêter, mais la fatigue
avait eu raison de ma belle détermination. Je m'étais installé
au bar avec l'idée de reprendre la route après un ou deux
cognacs. Il y avait deux gars qui étaient déjà là, dont un qui
était vraiment laid. Il avait la peau marquée de vieilles cicatrices d'acné qu'une barbe affreusement dégarnie recouvrait
mal. Il avait les cheveux longs et pas très propres. Petite trentaine maganée, les yeux creux et cernés, le dos rond. Il tenait

son verre à deux mains et, quand il se décidait à boire, il commençait toujours par la main gauche. Il posait ensuite son verre et le reprenait de la droite pour une autre gorgée. Il laissait passer quelques minutes sans rien dire, sans bouger, sans regarder qui que ce soit. Il faisait non de la tête trois ou quatre fois, puis reprenait une gorgée de la main gauche, puis une autre de la main droite... Et ainsi de suite depuis que j'étais arrivé.

Finalement, personne ne s'occupait trop de lui. Il nous faisait sourire, mais son manège était vite devenu lassant. Julie lui jetait un œil de temps en temps, mais elle parlait surtout avec l'autre client, un voyageur de commerce, assurément, qui pensait vraiment qu'il avait une chance avec Julie. Il n'était pas si mal, juste un peu trop drabe.

Moi, je ne disais rien, je les observais discrètement en pensant que j'aurais mieux fait de poursuivre mon chemin.

Vers vingt-deux heures, la porte noire s'ouvrit et un gars entra. À peu près trente-cinq ans, peut-être moins, peut-être plus. Twenty going on fifty... Les yeux très très rouges et un késse de trompette dans chaque main. Les cheveux courts, quelques boucles d'oreilles et un tatouage qui dépassait de sa manche relevée sur son avant-bras gauche. Dehors il pleuvait comme vache qui pisse et Julie le regarda doucement :

— Bonjour !

— Une vodka straight, siouplaît.

Tout de suite, j'ai remarqué que Julie ne lui souriait pas de la même manière qu'à nous autres. Avec l'histoire qu'elle venait de raconter au voyageur de commerce drabe, je devinais qu'elle devait avoir un faible pour les paumés, de préférence tatoués. Elle lui servit sa vodka.

— Maudite pluie, han ?

Le gars lui fit « oui » de la tête. Sans faire une face de beu mais sans faire une belle façon, non plus.

Je me rappelle m'être passé la réflexion que, pour avoir les yeux rouges comme ça, il fallait fumer beaucoup de pot. Ou alors pleurer pendant des jours. Dans son cas, c'était difficile à savoir. Il avait une tête à fumer du pot, c'est sûr, mais c'était aussi possible qu'il ne dormît pas assez. Et il avait peut-être pleuré. On ne sait jamais, les tatouages, ça ne veut rien dire… Il tremblait un peu, comme un gars en manque de quelque chose ou comme un gars qui a eu peur ou froid.

Ou comme un gars qui est en train de perdre la tête.

En fait, il avait l'air bizarre. Pas vraiment inquiétant, juste bizarre.

Il a bu sa vodka trop vite et il en a commandé une autre, puis une troisième et une quatrième, qu'il a descendues comme s'il allait en manquer. Après, il a commandé une bière et une cinquième vodka. Là, il a ralenti un peu.

Julie le regardait boire avec un brin d'inquiétude dans le regard. C'était clair, elle avait un faible pour les largués, les paumés et aussi pour les drogués. Une manière de syndrome de l'infirmière, du genre qui a toujours besoin de soigner quelqu'un.

De notre côté, depuis que le gars aux deux trompettes était arrivé, nous n'existions carrément plus. Le vendeur d'assurances comprenait qu'il avait de moins en moins de chances, mais beau joueur, c'est lui qui s'intéressa le premier au trompettiste. Il se pencha vers lui :

— T'es sûr que ça va, mon homme ?

— Oui oui…

Julie était contente, il venait de parler pour une autre raison que pour commander à boire.

— Tu viens d'où ?

Là, les affaires ont été vite. Très vite. Le barbu qui ne disait rien s'est levé d'une claque, comme si quelque chose l'avait piqué dans le cul. On était tous assis au bar et on l'a suivi des yeux jusqu'à ce qu'il soit arrivé derrière nous. Julie souriait, mais elle avait un pli sur le front. Le gars s'est arrêté sec.

— Entéka, les gars, si jamais vous vous faites pisser dans' face, farmez-vous les yeux, parce que ça brûle en tabarnak.

Et il est reparti, direct les toilettes.

Nous l'avons suivi des yeux et, quand la porte des chiottes a été refermée, nous nous sommes regardés et nous avons éclaté de rire. Le gars aux vodkas a juste souri, mais c'était déjà ça de pris.

Quand le barbu est revenu des toilettes, il s'est rassis et a commandé une autre bière. Il a bu une première gorgée de la main gauche, puis une autre de la main droite. Il est resté immobile et silencieux un petit bout de temps en regardant les deux késses de trompette déposés sur le bar, il a soupiré avant de reprendre une gorgée de la main gauche, et ainsi de suite.

C'est au deuxième silence que le trompettiste a éclaté en sanglots. Julie est passée de notre côté, elle l'a serré contre elle et le voyageur de commerce a poussé un profond soupir de résignation.

Le trompettiste s'est arrêté de pleurer assez rapidement. Puis il nous a tout raconté.

Chapitre 2

Il s'appelle Jean Gagné et il est trompettiste. Il joue généralement du reggae et effectivement il fume du pot, un peu comme fume Bob Marley dans son clip où il disparaît presque complètement derrière un nuage de fumée bleue et dense. Jean n'aime pas du tout se faire appeler John ou Jack ou Ti-Jean. Jean aime se faire appeler Jean, un point c'est tout.

Né en 1970, il joue de la trompette depuis l'âge de huit ans. Il commence à fumer du pot à l'âge de douze ans, peu de temps après avoir entendu un album des Whalers. Il devient un fan. Furieux. Il rêve depuis ce jour de ne jouer que du reggae. Partout et tout le temps.

Jean est né à Trois-Pistoles. Sa mère était une amie d'enfance de Victor-Lévy Beaulieu et c'est un peu de la faute de l'écrivain si Jean a quitté l'école si jeune. Le barbu lui apprenait pas mal de choses. Il lui racontait ses histoires de fou, et il a été celui qui lui a donné le goût des livres. Quand il venait lire ses feuillets d'un genre bien particulier à la mère de Jean, VLB amenait toujours avec lui une nouvelle aventure, au cœur de laquelle Jean se perdait, le temps de la lecture faite à sa mère...

C'était cool. Jean aimait bien voir sa mère sourire. Et elle souriait toujours quand l'écrivain repartait de chez eux. De cette époque et de la présence de VLB dans son enfance, Jean a conservé deux choses : le souvenir d'instants de bonheur inaltérable et un amour des livres et du cinéma qui ne le quittera jamais. Depuis sa tendre enfance, Jean dévore tout. Et à part la trompette qui chaque fois, instantanément, et ce dès les premières vibrations du cuivre, le met dans un état de contemplation admirative, la lecture le ramène toujours à un bonheur qu'aucune drogue n'arrive jamais à lui faire atteindre.

Quand il lit, Jean se sent comme lorsqu'il était enfant.

Reggaeman, punkoïde avant l'heure de sa petite ville, il bouffe du Ludwig Von 88, du Mano Negra, des Carayos et du ska punk anglais. En juin 1986, l'encre de son diplôme de cinquième secondaire encore humide (il avait promis à sa mère de le terminer), Jean s'installe sur le bord de la 132, le pouce en l'air et la crête orange au vent. C'est à Montréal en ville que Jean devient le trompettiste qu'il rêvait d'être, un peu comme Abel Beauchemin, le héros de VLB, presque vingt ans avant lui.

Même s'il survit comme il peut pendant les dix premières années de sa vie montréalaise, pas une seule seconde Jean ne s'éloigne de son rêve. Et depuis quelques années, il arrive à s'organiser somme toute assez bien, compte tenu de la place qu'occupent la musique et la culture dans la vie des Québécois. Financièrement, ce n'est pas encore tout à fait ça, mais ça roule. Tous les ans, un peu après les fêtes, il part se refaire dans le sud. Engagé sur un bateau, il fait danser les madames qui dépensent leur fric en se payant des croisières. Ça dure à peu près quatre mois, jusqu'à la fin avril. Il remonte ensuite à Montréal (en s'arrêtant quand même un peu à New York pour acheter des disques et voir des shows) et il prend le printemps pour former un groupe, organiser son été et ses affaires. Il joue dans des bars ou dans des soirées privées et il tourne en région généralement tout l'été avec un répertoire funk qui fait danser les minettes dans l'un ou l'autre des cent soixante-quatorze festivals québécois. Ça aussi, ça dure environ quatre mois. En septembre, il arrive généralement à survivre avec les quelques cennes qui lui restent s'il n'a pas trop fait la fête pendant la belle saison. Il joue dans des bars à Montréal ou dans des cabarets et, le reste du temps, il le passe dans un studio qu'il partage avec son grand chum Dubré à enregistrer d'autres musiciens, pour la plupart des rastas, des reggae-men, des dj ou des dubmen.

Quand Noël arrive, il ne lui reste jamais d'argent. Il se trouve quelques petites gigs pour boire à l'œil, dans des partys surtout et, quand les fêtes sont finies, il rend visite à sa mère, se fait nourrir et puis repart, toujours un peu à contrecœur. Il passe un autre quatre mois sur un bateau, n'importe lequel, le temps de se ramasser quelques milliers de dollars, puis il remonte dans le nord et se refait une saison.

～

L'hiver dernier, le house band du *Queen of the Caribbeans* était vraiment très hot. Le plus hot que Jean ait jamais entendu! Le chef tirait comme un malade… Et il y avait Carl, l'autre trompettiste…

— Mon vieux crisse de fou d'Carl… Y fumait pis y buvait comme un trou pis y'avait l'air d'une vieille sorcière malade mentale quand y blowait dans son horn.

Jean a jammé avec Carl tous les soirs de sa dernière croisière, après les bals et les spectacles. Et le reste du temps, il a écouté le vieux lui raconter les histoires gelées de sa vie de nomade illuminé. Ces histoires, il les a entendues des dizaines de fois : la Gaspésie de son enfance ; Montréal en 45 ; New York et puis toutes les routes de tous les États des States au complet ! Mais surtout, ce sont celles concernant Jayne Mansfield qui revenaient le plus souvent. Elle avait été le grand amour fou de Carl. Jayne était morte accidentellement il y avait presque quarante ans déjà.

Le vieux Carl avait circulé sans arrêt depuis son départ de la Gaspésie soixante ans auparavant, et ce, sans jamais remettre les pieds au Québec. Quand il en parlait, c'était comme s'il parlait du paradis. Les yeux dans le vague, presque mystique, il évoquait son *St. Louis d'Gaspe Peninsula* comme un pèlerin parle de la terre promise. Carl s'en était forgé une image telle que ça faisait sourire Jean qui, lui, savait bien que cette Gaspésie-là n'existait plus, que ce Québec-là n'avait jamais vraiment existé.

— Mon vieux Carl... Crisse...

Chapitre 3

L e plancher de danse du *Queen of the Caribbeans* débordait
tous les soirs de rose et de mauve, ce qui finissait toujours
par lever le cœur de Jean. Il ne fréquentait pas trop les clientes
des croisières. Il alignait plutôt les gin tonics en fourrant son
nez profondément dans son verre à chaque gorgée.

— J'essayais juste de couvrir les odeurs de parfum pis de
shampooing cheap !

La section de cuivres dans laquelle il tenait la place de
deuxième trompette comptait un tromboniste classique pas
très sympatique, un saxophoniste frustré mais néanmoins
assez rigolo et qui rêvait de jouer du suzaphone dans un
dixieband, une clarinettiste lesbienne qui se scandalisait chaque
fois qu'un des musiciens se tapait une passagère et un autre
trompettiste : monsieur Carl White.

Jean était le plus jeune de l'orchestre et c'était souvent lui
que les passagères reluquaient en premier. Sauf qu'il n'était
pas tellement chaud à l'idée d'histoires de cul avec des vieilles.
Il aimait les filles de son âge et il y en avait vraiment très peu
à bord, à part la clarinettiste, bien sûr.

— Sur la dernière croisière, y'avait une p'tite boulotte
d'une soixantaine d'années qui v'nait d'East Angus pis qui
m'faisait tellement de l'œil que c'en était gênant. Surtout
pour son mari mou, toujours affalé là, les yeux mouillés dans

sa Labatt bleue flate et chaude. Depuis que j'lui avais dit pour la flatter un peu qu'elle avait une paire de boules à faire se pâmer n'importe quel Italien, comme dans *Amarcord* de Fellini, a rêvait de m'faire briller la tite poignée.

A connaissait ni *Amarcord* ni Fellini. Je lui ai raconté un peu qui il était, mais surtout qu'il avait eu ses premiers thrills sexuels en bandant sur la boulangère de son quartier qui elle aussi avait une poitrine infernale... La pauvre tite madame est devenue toute rouge. A m'a pu laissé tranquille d'la semaine!

Un soir au bar, Jean s'est levé et, très saoul, il s'est dirigé vers elle en titubant.

— Là, j'm'en vas faire mon show... Pis après ça, j'm'en vas dans ma cabine pour m'crosser en pensant à tes gros seins.

Plus tard dans la nuit, la femme est venue frapper à la porte de Jean. Elle disait qu'elle voulait visiter une cabine de musicien. Jean ne l'a pas laissée entrer et la pauvre, trop saoule et aussi un peu dérangée, l'a supplié en pleurant de l'autre côté de sa porte une partie de la nuit, jusqu'à ce que Carl vienne enfin la secourir.

— À un moment donné, j'ai entendu mon vieux chum y parler. J'ai eu l'impression qu'il l'emmenait dans sa cabine, pour la consoler... Après c'te nuit-là, a m'a pu quitté des yeux. A portait des t-shirts indécents... pastel pis trop serrés. Pis a m'montrait sans arrêt le débordement monstrueux de son immense poitrine...

Le dernier soir était arrivé enfin. La croisière finissait de s'amuser et, même si un autre forfait commençait le lendemain, Jean, engagé depuis quatre mois à bord du *Queen of the Caribbeans*, sentait son calvaire aboutir. Il promettait à qui voulait l'entendre qu'il mettrait pied à terre moins de trente secondes après avoir soufflé sa dernière note et qu'il rentrerait, de la manière la plus rapide, directement à Montréal. Les vacanciers du troisième âge allaient célébrer la fin de cette interminable succession de bals et de partys rétro. Les petits vieux s'étaient mis sur leur quarante-deux et le pont supérieur sentait la vieille paparmane. Pas vraiment très rock'n'roll tout ça...

Jean marcha seul de sa cabine jusqu'au Singing Sirene, le bar où se retrouvaient tous les musiciens avant et après les spectacles. Ils avaient revêtu le smoking qu'on leur prêtait pour qu'ils soient beaux à ces soirées. Carl était déjà là, une vodka à la main. Il était resplendissant. C'était son dernier soir à lui aussi mais, dans son cas, c'était son der des ders, son ultime : le vieux Carl White prenait sa retraite.

Jean commanda un rhum & coke avant d'apercevoir la femme d'East Angus qui s'approchait à sa gauche. Son mari essayait de la retenir en la tirant par le bas de son veston laid. Son soutien-gorge faisait comme un abri tempo bleu au travers du tissu cheap de son t-shirt trop petit et d'une horrible couleur pêche. Sans contredit, son plus indécent de la semaine. Elle se planta devant Jean et, déjà un peu molle, l'air écœuramment triste, elle lui susurra :

— C'est notre dernière chance.

Carl s'éloigna poliment. Les autres musiciens les regardaient du coin de l'œil et même la clarinettiste souriait. Le mari semblait affreusement gêné. Il fixait le bout de ses souliers tandis que sa femme restait plantée devant Jean, à attendre une réponse.

— Écoute, Raymonde, j'ai trente-cinq ans, t'en as soixante-quatre... Oui, oui, tes boules m'excitent, les couilles m'en frémissent toujours un peu quand j'les r'garde... Mais Raymonde, notre amour est pur! Il faut qu'il soit toujours immaculé et platonique. À partir d'à soir, on se reverra plus, Raymonde ! Je tiens à ce qu'on garde l'un de l'autre un souvenir angélique...

La tête de Raymonde dodelinait sur son immense poitrine au fur et à mesure de la dithyrambe de Jean. Elle avait trop bu et c'était triste à mourir. Son mari, qui piétinait un peu en retrait, se montra enfin capable d'un peu de fermeté. Il fit signe à Jean de se taire, puis prit sa femme larmoyante par l'épaule et l'aida à s'éloigner du bar.

— Viens-t'en, Momonde, viens-t'en... Ç't'assez là. Lundi on r'monte à Montréal... Merci, monsieur. Bonsoir.

Le couple s'éloigna, la tête de Raymonde posée dans le creux de l'épaule de son mari. Jean les regarda marcher avec dans les yeux une tendresse que ses collègues ne lui connaissaient pas. Même s'il aimait beaucoup déconner et qu'il se la jouait souvent plutôt macho, dur ou insensible, en réalité, Jean ne trouvait aucun plaisir à rendre les gens malheureux.

Carl, de son côté, même s'il ne se réjouissait pas nécessairement à l'idée de faire le mal autour de lui, aimait bien rire de ses jeunes amis quand ils se mettaient les pieds dans les plats. Mais il avait peut-être le rire un peu méchant. Il avait la même gueule de sorcière que quand il jouait de la trompette. Il regarda Jean avec un air vraiment niaiseux...

— Guess she should have drunk a bit less...

— J'suis un ostie d'sale, Carl. Le vieux bande pu, pis yé assez cool pour payer un trip à sa madame deux, trois fois par année... Moi, je scrappe ça... J'suis rien qu'un ostie d'chien, Carl.

— Viagra, Jean, Viagra ! Chu older que son vieux, pis je l'a swignée pour trois heures straight ! Remember quand qu'a l'a liré at your door l'aut' soir ? J'en r'tournais dans ma cabin... J'la vois, les tits qui s'frotta su ta porte en braillant juste like a cow qu'a she wanted ton kiki! J'y a donné *mine*, mon homme. That's it!

Carl éclata de rire, puis Jean commanda un rhum et une vodka en souriant dans son col de smoking. Le vieux trompettiste but une toute petite gorgée, puis resta un peu prostré, le regard vide et la tête ailleurs. Jean lui donna un coup de coude.

— Eh oh, mister White, la lune!

— Ya! guess so, han… Ça fa funny d'me dire qu'c'est mon darnier show sul *Queen*. Ça fa funny d'me dire que j'vas accrocher mon horn pis m'laisser crever dans ma vieille roulotte à partir d'astheure… J'peux pu la route pantoute anymore, Jean… Pis l'pire, c'est que chu rendu tired de blower in da maudite horn! J'a pu les lungs que j'usa d'avoir! Asthma, emphysema, bronchitis! J'ai toutt le kit que l'doctor du boat m'a dit!… Djizusse *christ* que ça passé bin trop vite!… Pis en même temps qu'ma brain s'crinque là-d'ssus, j'ai des envies de mon vieux village up there che nous… Have I ever told you about that hobo I met in New York a long temps avant, pis qui m'a dit que l'Canada des Franças, c'éta le paradise sua terre… Mon pére pis ma mére pis mes sœurs pis mes fréres over there… Juste comme heaven. Tu viens de d'là toé tou, tu l'sais comment c'que c'est! Tu l'sais qu'c'est l'paradise, han mon Ti-Jean! Mais c'est tout un méchant trip, ça, pour un gars qui veut pu traveler!

Jean observait Carl dans toute sa rêverie. Avec toute l'exaltation possible que sa jeune trentaine lui permettait, il se leva et dit :

— Mon Carl, ramasse tes affaires pis prépare-toi bin! J't'emmène au ciel dret à soir après l'show!!!

— What!? Dret en haut!? Jusque quand heaven fesse la fan!?

— Oui, mon cher! Mais à une condition : t'arrête de m'appeler Ti-Jean... J'haïs ça... Merci.

Ils débarquèrent du *Queen of the Caribbeans* tout de suite après le spectacle. Un peu saouls, ils prirent la route en chantant et en riant.

Chapitre 4

Carl White s'est d'abord appelé Charles Leblanc. Il a quitté son village natal en Gaspésie pour se rendre à Montréal en mai 1945, quelques semaines à peine avant l'annonce de la fin de la guerre, avec pour seul bagage sa trompette et quelques vêtements, qu'il portait dans un sac mou sur son épaule d'adolescent. Il était encore trop pauvre pour se permettre un késse.

Toute sa vie il se souviendrait de la promesse faite à son père le jour de son départ : il ne reviendrait au village que lorsqu'il aurait assez d'argent pour s'acheter une terre ou pour payer pension à la maison.

Carl n'a pas encore seize ans lorsqu'il débarque à Montréal. Il trouve du travail dans plusieurs shops, mais ça ne dure jamais très longtemps. Tous les soirs et toutes les nuits, il écume les clubs de la métropole. Il joue de la trompette pour des militaires qui ne partiront pas à la guerre ou pour des Américains en dévergondage *made in Montreal*. Très rapidement, il se laisse initier aux doux plaisirs que procurent les fumeries, les tripots et les bordels du Chinatown.

Comme il n'a pas vraiment d'adresse, qu'il est assez joli garçon et qu'il joue de la trompette comme un ange, il lui est assez facile de s'arranger pour dormir dans l'un ou l'autre des trois cent cinquante bordels qui constituent l'essentiel du red light de Montréal à cette époque, malheureusement oublié de la plupart aujourd'hui.

La guerre finie, et sachant que l'Europe, galvanisée par sa reconstruction, découvre le jazz en accueillant les musiciens avec une ferveur inattendue, Carl élabore le projet de gagner le Vieux Continent. Il commence par se rendre à New York avec le fol espoir de se faire engager dans l'orchestre du *Queen Elizabeth*. Sauf qu'il n'arrive même pas jusqu'aux quais. Il reste collé à l'asphalte de la ville qui ne dort jamais, swignant downtown et boppant uptown.

Il y rencontre un certain Wallace avec qui il se tiendra un moment et qui finira par avoir une influence déterminante sur le reste de sa vie. Se présentant comme un businessman irlandais, Wallace s'avère être un aventurier vraiment pas très fiable qui, après avoir passé vingt ans dans le Sud-Est asiatique, cherche à se refaire une vie en Amérique. Ensemble, ils boivent beaucoup, et Wallace, excellent vendeur, aide Carl à dénicher ses premiers contrats dans les clubs parmi les plus malfamés de la Grosse Pomme. Il devient en quelque sorte son agent.

Dans la métropole des États-Unis, Carl a finalement un peu l'impression d'être en Europe. En tout cas, assez pour rapidement oublier son projet de traverser l'océan. Il traîne dans les pubs irlandais où, souvent très saoul, il finit ses soirées en hurlant des chansons du folklore de son village natal. Les Irlandais de New York n'en croient pas leurs oreilles d'entendre ces airs qu'ils reconnaissent assez pour qu'ils leur fassent penser à ceux de leur pays, mais les reçoivent avec ahurissement en les entendant chantés dans une langue si bizarre qu'ils ont peine à concevoir qu'il s'agisse bien du français!

Outre les pubs irlandais, Carl passe encore pas mal de temps dans le Chinatown new-yorkais, où il consolide son accoutumance à l'opium. Wallace, qui a vécu pas mal d'années dans les colonies britanniques d'Extrême-Orient, lui fait même faire un petit pas en avant : il l'initie à toute la panoplie des dérivés du *papaver somniferum*. Et en particulier à l'héroïne.

Un peu comme à Montréal, Carl se constitue rapidement un réseau de clubs où il joue presque toutes les nuits. Il est encore jeune et toujours très bel homme. Il souffle dans sa trompette comme personne avant lui et, résultat, il fait craquer toutes les femmes avec son accent de mer et son regard de feu. Carl est un French Canadian et cela, à New York et à la fin des années quarante, lui ouvre bien des portes : la plupart des boîtes normalement réservées aux Noirs l'acceptent, semblant oublier qu'il est blanc et blond. Mais peut-être est-ce ce son de trompette majestueux qui lui vaut cet accueil…

Il découvre le bebop grâce à un ivrogne qui se dit poète et qui raconte à qui veut l'entendre qu'il vient de Saint-Pacôme. Il le rencontre une nuit, fin saoul et totalement exalté, dans un club de jazz du West End. Avec lui, il vire quelques brosses monumentales et mémorables.

— Des goddams de brosses, comme qu'on dit par che nous !

C'est avec ce poète au gabarit de footballeur, et surtout avec quelques-uns de ses amis proches, qu'il perfectionne sa technique de piquouze.

Tout va donc aussi bien que possible pour le Gaspésien. Sauf qu'un beau matin, Wallace l'Irlandais disparaît, emportant avec lui les cinq cents dollars que Carl avait réussi à ramasser et qu'il lui avait confiés pour ne pas les dépenser inutilement… À cette époque, Carl pense encore qu'il reviendra un jour dans son village avec les poches pleines de fric. Ce sera la première fois qu'il se fera faire, mais ce ne sera pas la dernière, ça c'est sûr.

Après la disparition de l'Irlandais, Carl, livré à lui-même et se retrouvant soudain sans pusher, s'arrange pour qu'on lui présente Herbert, le fournisseur des poètes. L'homme le fait rire. Chaque fois qu'on lui demande comment il va, il répond invariablement : «I'm beat, man. I'm beat!», ce qui inspirera le poète de Saint-Pacôme quand viendra le temps de donner un nom à sa *generation*... À cette époque, les poètes aimaient bien Herbert.

Pendant des années, sa trompette au bec, une seringue dans le pli du coude et le sourire au cœur, Carl se promène, poussé par le vent et les rencontres, cahin-caha et de long en large un peu partout sur le territoire des États-Unis. On peut dire qu'il a été heureux. Au début des années cinquante, tout était possible. On pouvait même circuler sans argent.

Carl arrivait toujours à jouer dans un club ou un autre, peu importe où il finissait. Et il finissait invariablement par trouver un nid doux pour dormir. Il faisait beaucoup de conquêtes, mais il passait aussi pas mal de ses nuits avec les filles des bordels où il s'échouait souvent, à la fin de la nuit, entraîné par d'autres musiciens, ou simplement sensible aux odeurs de sexe qui émanent, pour qui sait sentir, de ces maisons pourtant discrètement désignées. Carl approchait toujours de la même manière les femmes qu'il désirait. Lèvres magiques en avant, chair contre fer sur son horn du diable des enfers, il les enjôlait. Tant et si bien que rarement dans sa vie avait-il dormi seul.

~

Pour Jean, le récit de la vie de Carl s'avérait, au fur et à mesure de ses nombreuses versions, de plus en plus difficile à suivre. Au début, le jeune trompettiste se disait que c'était

peut-être qu'il fumait trop et que sa capacité de concen-
tration commençait à s'émousser, mais il lui était apparu
clairement, au fil des jours et des semaines, que le vieux
gagnait en confusion ce qu'il perdait en énergie. Il faut dire
que Carl ne racontait jamais deux fois la même aventure de la
même manière. Au bout d'un certain temps, il était devenu
extrêmement difficile pour l'esprit enfumé (on peut le dire)
du jeune trompettiste de Trois-Pistoles de discerner ce qui
était vrai de ce que Carl avait inventé de toutes pièces. Peut-
être s'était-il monté l'histoire d'une vie, question de se donner
l'impression de ne pas avoir tout raté. Peut-être aussi sa vie
avait-elle finalement été malheureuse et triste à mourir…
Mais qui donc aurait pu juger de tout cela?

— Y'en reste pas moins qu'y jouait d'la trompette comme
un ange.

À soixante-quatorze ans, Carl avait passé soixante ans
dans l'ombre d'une cloche de trompette. C'était le sourire
qu'on lui avait le mieux connu : une gueule dorée ouverte sur
les étoiles de la nuit, tenue au bout de ses doigts pendant
toute sa vie, bien ronde, cuivrée et merveilleusement édentée.

Sur le *Queen of the Caribbeans*, Carl venait de jouer son
dernier concert. Il faisait nuit noire sur les quais du port de
Tampa Bay en Floride et le Oldsmobile Station Wagon vert
1984 démarra. Le Lightning s'en allait gagner sa première
coupe Stanley avec Vincent Lecavalier et Martin Saint-Louis,
et les deux trompettistes québécois prirent la route en riant,
excités comme des enfants une veille de Noël.

Jean ne savait pas trop pourquoi, mais il se sentait res-
ponsable de Carl. Il éprouvait pour lui une affection proche
de celle qu'il avait osé imaginer, plus jeune, quand il avait eu
envie d'avoir un grand-père.

Dans sa vie, cela lui avait manqué.

Chapitre 5

— Cinquante-huit ans back, j'parta d'*St. Louis* hec ma trumpet dans un ti-bag t'sour d'mon bras. Sul pouce din trucks de pitoune pis down par le plus court des chemins pour Morial. C'éta t'en 1945, les pommiers éta d'jà bin blancs che nous pis en ville les pommes commença d'jà à pousser.

J'ai soufflé dans mon horn presque toué jours depuis c'te temps-là. Hec des Nèg' pis des Juifs, hec des hunkies pis des junkies, dans toutt les villes pis toutt les voitures de toutt les trains, dans toutt les chars pis toutt les rues, les bars pis les clubs, pis ça, de Boston jusqu'à down New Orleans, all the way to Chicago, Frisco pis même à North Bay en Ontario. I'm soixante et quatorze now… That means que quand qu'chu parti d'*St. Louis d'Gaspe Peninsula*, j'éta quinze ans. J'ai toujours dit *St. Louis d'Gaspe Peninsula* because tout l'monde y pense que j'viendre d'*St. Louis Missouri* si j'leu dit yinque *St. Louis*!

J'éta quinze pis beau jeune homme à part de t'ça… Non non non, j'ai pas fait trop trop des shops pis des factries, non non non. Le ti-peu qu'j'ai faite, j'me su faite crisser dwors assez fast! Tiens ta paye dans ton ti-cul pis get the fuck out o' here si tu veux pas mon pied!!

Le horn ent les dents, j'me metta dwors pas loin d'la porte
pis, en sortant d'la shop, les colleagues me donna quek cennes
pour que j'peuve manger...

Ça, j'ai fait ça long time.

The truth is que j'ai jama arrêté d'faire ça. Jama...

Astheure j'ai une manière de caravan de vra gipsy à moé
dret by Lafayette, Louisiana. C'est là que j'crash ent les gigs,
des fois. C'est là qu'Madame Louise a m'a hooké entéka. Mais
ça jama été che nous comme up there... Là qu'c'est mon bed
pis c'est toutt, quand que j't'encore sober assez pour me rendre.

Mais c'est pas là pantoute qu'j'envie d'chesser, pahempe...
À swèr, c'est la fin d'une grosse gig. My last pis ultimate.
Ma darniére. L'air de rien, hec ma tite roulotte pis mon char
pis les tcheuks grants qui m'restent, j'pourra aussi ben sticker
down here, hec pu besoin d'grand-chose... D'icitte à c'que
j'crève...

À swèr chu s'posé prendre ma r'traite d'la route... Mais at
le même time, j'aimera ça r'voir *St. Louis d'Gaspe Peninsula*,
christ. Arriver wère mon pére pis ma mére pis leu montrer
qui peuvent être contents pis fiers de leu gars.

À partir d'à swèr y'aura pu d'matantes à faire danser en
ligne, mon Ti-Jean. Me su t'appelé Carl White toute ma *christ*
de vie! À swèr, j'roule pour r'viendre Charles Leblanc.

Ça fait soixante ans talheure...

St. Louis d'Gaspe Peninsula... Ça s'ra comme de partir au
ciel les deux yeux bin grands wide open.

Jean, mon Ti-Jean, si tu m'ramènes che nous, j'te donne
mon horn pis j'te donne mon char. Une fois rendu là, j'en
aurai pu jama besoin.

Chapitre 6

Les roulottes étaient miteuses. Elles étaient parquées pêle-mêle dans la cour d'une immense maison, avec colonnes et tout, défraîchie au point d'en être dangereuse.

Les roulottes étaient, tout comme la maison, cachées des regards par une plantation majestueuse de chênes bicentenaires et de saules pleureurs biscornus. Depuis leur départ de Tampa, Carl n'avait pas conduit une seule fois. Il s'amusait trop dans son rôle de copilote. Tout le long, ils s'étaient imbibés tous les deux comme des panneaux de rip laissés sous une pluie de printemps. Ils sentaient le vieux fond de tonne en arrivant en Louisiane.

— Tsé, mes chums se sra bin occupé de moé dans ma tite caravan de gipsy, mais j'va t'être bin mieux dans mon village up there che nous... qu'avait dit Carl juste avant de s'endormir la veille, couché tout croche dans les bagages, en travers des bouteilles vides.

Dans son sommeil, il n'avait pas cessé une seule seconde de serrer son késse de trompette contre lui.

Depuis qu'il s'était réveillé à l'aube, Carl buvait à même la bouteille de Jack Daniel's. Aux lèvres, il avait un sourire qui s'en câlissait vraiment. Aux yeux, il avait les larmes de celui pour qui tout se joue. Jean se disait qu'il devait s'agir de larmes de bonheur, mais Carl savait au plus profond de son être qu'il ne lui restait plus beaucoup de moments de bonheur à vivre. Il savait aussi qu'il repassait par la plantation pour y faire ses grands adieux.

Le chemin qui menait à la vieille maison n'avait pas été entretenu depuis très longtemps. Il était envahi de nids-de-poule et des racines sortaient de terre. Plus personne ne le fréquentait. Au bout, la maison était si nettement affaissée sur son côté ouest qu'en arrivant sur le chemin, on avait l'impression de perdre un peu l'équilibre.

Ils y croisèrent quelques êtres hagards et il y avait des sculptures de monstres rouges et noires un peu partout dans les bois. Ils virent un homme très maigre, très gris, qui portait une robe de femme déchirée. Il faisait lentement les cent pas devant la statue noircie à la suie d'une femme aux ailes d'ange et au regard de braise.

— That's Jerry!!! Look, Jean, c'te gars-là, y joua du piano, my man, comme t'en verra jama dedans toute ta vie! Y'éta possédé bin tight. Madame Louise had lui avec elle pour plus que cinquante ans.

— Ce gars-là a joué pour ta Miss Louise pendant cinquante ans?!

— Madame Louise, Jean, Madame, pas Miss.... Oui, my man, yes, cinquante ans...

— Carl, tu m'as dit que ta Madame était morte en 1976. Ça fait vingt-huit ans... Ton gars, quel âge qu'y avait en commençant à jouer avec elle?

— J'sais pas, man. Stop! Stop le char! Yo Jerry!!! Yes, this is Carl, my man, yes. I'm back... but I reste pas, non. L'jeune homme icitte m'emmène au paradise, mon vieux Jerry, oui oui oui. C't'exactement ça, my man. J'm'en r'tourne chez ma mama pis mon papa pis mes frères pis mes sœurs... Jerry, mon Jerry, quel âge que t'ava, toi mon Jerry, quand qu't'a starté d'jouer hec Mama Lou, quel âge que t'ava, mon vieux Jerry!?

— I is thi'ty-six yea' ol', man! Thi'ty-six! Already played piano for thirty years... How old were you then, Carl?

— Oh j'éta bin plus jeune que ça moé; mon Jerry, bin plus jeune que ça! Thank you, mon Jerry, marci... Bouge, Ti-Jean, bouge. He va nous sticker d'sus all day pis all night... Pu parsonne y parle pu jama!

— Carl... vingt-huit plus cinquante, Carl?

— ... Soixante-dix-huit, I think... Jama été fort en maths...

— Plus trente-six?

— Sais pas... Why?

— Ça fait cent quatorze ans, Carl.

Carl regarda Jean comme s'il était un idiot.

— ... Jean, icitte le monde vivent vieux. Mande pas pourquoi c'est fére... C'est d'même.

Le vieux Station vert sautait de trou en bosse sur le chemin abandonné de l'ancienne plantation. Carl saluait tous ceux qu'il croisait en leur souriant comme un ado qui vient de fumer son premier joint.

Ses amis avaient des airs de décavés. Toutes les roulottes étaient pourries et ça faisait campement oublié pour fantômes de manouches. L'argenté des tôles ne luisait plus depuis long-temps, le rouille et le bleu des bâches dominaient toutes les couleurs. Lorsqu'il ne ventait pas trop, la pluie boueuse arrêtait de s'infiltrer sous les tapis qui puaient, dans les murs en carton qui gondolaient et sous les peaux squameuses. Il n'y avait là aucun enfant, que des vieux et des vieilles, noirs et blancs (surtout gris), qui venaient et allaient lentement, partageant le même air perdu, un mélange de mélancolie douloureuse et de contentement un peu gaga.

La roulotte de Carl était la plus éloignée du chemin, la mieux protégée des regards et la moins pourrie.

Jean apprit plus tard que Carl avait été le mari de Madame Louise. C'est pour ça qu'on lui avait toujours gardé la meilleure roulotte et qu'on le traitait avec les meilleurs égards quand il passait par là. Pendant ses absences, personne ne couchait dans son lit. Et c'était tout un privilège que cela, dans ce monde d'itinérants …

La grande maison qui les avait hébergés pendant des années avait été abandonnée à la mort de Madame Louise en 1976. On disait que la sorcière avait alors trois cent vingt-huit ans, qu'elle était née en Afrique d'où, déjà vieille, un bateau français l'avait emmenée ici. On racontait qu'elle était une des mères illégitimes du jazz et d'autres rumeurs, qui provenaient de sources très sûres, prétendaient qu'il s'agissait de la dernière fille naturelle d'une des grandes déesses du pays de ses ancêtres par là-bas, quelque part dans le cœur de l'Afrique, peut-être en Guinée.

Le bâtiment souffreteux aux colonnes effritées ne servait plus que pour sa plomberie et son électricité. C'était difficile à croire, mais c'était ici même que Madame Louise avait tenu la plupart de ses plus grandes revues. Quand elle avait été affranchie comme esclave, elle avait gagné tout d'abord sa croûte comme diseuse de bonne aventure puis comme tenancière de bordel à la Nouvelle-Orléans. Elle avait ensuite mené tout un tas de revues noires, tant à terre que dans les bayous ainsi que sur un paquet de bateaux à aube du Mississippi avant de s'arrêter là, dans cette ancienne plantation louisianaise. Un peu pas mal sorcière sur les bords, elle avait toujours fait exactement ce qu'elle voulait. Elle invitait des musiciens et des danseurs, des Noirs surtout, et elle organisait des soirées, des fêtes et des bamboulas dont on se souvenait longtemps si on avait eu la chance d'y participer. Ses filles étaient succulentes, son rhum coulait à flots et bon, oui, elle impressionnait beaucoup de monde grâce à ses dons multiples.

Elle avait rencontré Carl par hasard sur son propre bateau. Le trompettiste s'était embarqué un beau soir de septembre. Il était monté sur scène sans qu'on l'invite et s'était joint aux musiciens de l'orchestre qui l'avaient accepté tout de suite tant son jeu les avait impressionnés.

La patronne tomba instantanément amoureuse de ce beau French Canadian aux lèvres d'or et à l'âme pure comme l'eau des montagnes du nord. Elle décida de s'installer et de fonder un foyer avec lui. Elle espérait donner au moins trente-sept enfants à ce beau roi blanc aux lèvres de Nègre et aux yeux remplis d'un esprit que seuls certains vieux Français pouvaient avoir.

Ils emménagèrent dans la grande maison et Madame Louise ne cessa jamais de traiter Carl comme le roi qu'il était, le plus noir des trompettistes blancs. Ensemble, ils burent du rhum en bouffant du datura presque tous les soirs, puis de l'ayawaska à longueur de journée. Pendant ces années, ils formèrent un des duos les plus sulfureux que le Sud ait connus.

Tout alla bien jusqu'en 1956, jusqu'à ce que Carl aperçoive pour la première fois Jayne Mansfield dans le film *The Girl Can't Help It.*

Ce jour-là, il reprit la route. Quand Madame Louise réalisa que son Carl l'avait quittée pour aller retrouver une blondasse, sa colère fut telle qu'un orage violent se déchaîna et fracassa la moitié de la plantation. Madame Louise pleura comme le ciel en automne sur la côte ouest américaine pendant des mois, et elle jura au ciel et aux enfers qu'un jour elle se vengerait.

Carl se mit complètement à la poursuite de ce nouvel espoir d'amour. Il courut, vola et roula de 1956 à 1966, soufflant dans son horn d'or dans tous les orchestres possibles du pays. Il joua partout, suivant à la trace l'actrice blonde et nourrissant le rêve fou qu'en se faisant embaucher dans son orchestre il finirait inévitablement par trouver l'occasion de lui déclarer son amour. Comme les autres, elle céderait sous le terrible pouvoir de sa trompette enjôleuse.

Il flambait son fric au fur et à mesure qu'il le gagnait. L'alcool et le smack lui prenaient presque tout. Et après dix ans de quête infructueuse, alors qu'il allait renoncer et rentrer à la plantation, sa persévérance finit par payer. Il se fit embaucher à Las Vegas, dans l'orchestre de l'hôtel où Jayne Mansfield entreprenait une série de concerts.

Chapitre 7

Carl racontait souvent l'épisode ayant entouré la mort de Jayne Mansfield. Mais s'il parlait volontiers des tristes années qui suivirent la disparition de l'actrice, il n'évoquait jamais clairement le temps passé avec elle, sinon pour dire en exagérant que cette période avait été la plus belle de sa vie. Mais le récit de cet épisode devenait de plus en plus flou au fur et à mesure des versions qu'il inventait de toute évidence.

À force, on finissait par comprendre que Madame Louise s'était pointée à la chambre du motel où Carl attendait Jayne, un certain soir de juin 1967. La meneuse de revue frappa deux ou trois coups très brefs et assez secs à la porte. Elle était accompagnée d'une demi-douzaine de grands Noirs à la bouche entrouverte qui roulaient des yeux de fous. Elle s'approcha de Carl en souriant de toutes ses dents. Elle passa sa main gauche derrière la nuque du trompettiste et elle le regarda droit dans les yeux. Elle était si proche qu'il en louchait un peu. Elle l'embrassa sans tendresse mais animée d'une fougue animale.

— Viens, mon titange, viens! Folies finies. Toa pis moa avec tes lèv en or! Viens souffler dans ma twompette pou moi toute seule astheu…

Carl comprit à cet instant que Madame Louise avait fait tuer sa bien-aimée. Il n'en parla pas. Il se ferait à l'idée de passer le reste de ses jours avec sa sorcière noire. Il vivrait sans réfléchir. Tant qu'elle le laisserait danser avec la robe rose saumon que l'habilleuse de la chanteuse avait un soir malencontreusement laissée tomber en vidant la loge de l'actrice après un récital, il ne rouspèterait jamais. Il avait beau savoir que la meneuse de revue *vodou* pouvait avoir provoqué la mort «par accident» du seul amour qu'il aurait jamais, il craignait trop d'avoir à subir la magie de la vieille pour tenter de fuir ou pour la dénoncer.

Un jour, par contre, juste un peu trop saoul et profitant de la présence d'un des leaders les plus influents de la communauté *vodou* dont Madame Louise faisait partie en Louisiane, Carl laissa sous-entendre que sa sorcière pouvait avoir eu quelque chose à voir dans l'«accident» de Jayne Mansfield.

— C'éta bin rien qu' bon à m'fére damner, ç'tes mindings! Le yâb en parsonne viendra y sucker l'âme dret out des trous d'nez, green nolds pis toute la brain out avec, tellement qu'y s'ra mad si le houngan éta v'nu qu'à sawèr qu'a l'utilisa ses pouwèrs à des escients parsonnels... Eille, imagine rien qu'un peu wèr si c'est possible ça *christ*!! N'importe quel chef qui aura su ça se s'ra fait toutt un time, quessé que j'dis : un dewèr! ('cause si y laisse faire ça pis qu'toutt le monde qui conna les tites pourdes pis les sorts s'mettent à s'en sarvir pour des usages parsonnels n'importe comment n'importe quand, le houngan y'en vient qu'à pu sarvir à rien! Si y laisse fére ça, y'aura pu d'contrôle sur rien! Pu d'discipline dans sa maison goddam de sainte bitche du d'sour d'la terre!) Non. Ces gars-là sont easy capables de changer n'importe qui en accroche-manteau din hôtel ou bedon en cook dène plantation d'coton tcheuk part deep south pour leu rappeler le bon sens des affaires!

Depuis 1967, Carl n'avait jamais cessé d'aimer sa belle blonde d'amour. Depuis 1967, Carl avait dansé avec la petite robe rose saumon toutes les nuits. Depuis juin 1967, toutes les notes qui étaient sorties de sa trompette l'avaient été pour Jayne Mansfield.

— Après qu'm'a mourir, m'a fére sûr qu'ça s'eille pas n'importe qui qui blow pour toé dans c'te horn-là à moé. Quand que j'pourra pu respirer, mon amour, quand que j'pourra pu sortir un son de c't'engin, y'aura un gars mille fois meilleur que toutt les autres, ma Jayne, mille fois... Pis c'te gars-là, ça va t'être çui-là qui va blower l'amour de toute la terre entière!

Madame Louise garda son «Lèvres d'or» totalement stone pendant les dix ans qui suivirent.

— La vieille snakeskin handbag, la vieille witch de goddam. La vieille cow!

À cette époque, ils étaient une petite centaine dans l'équipe de la revue de Madame Louise. Un orchestre d'une douzaine de musiciens, des danseuses, des chanteurs, des putes, des croupiers, des portiers, des cuisiniers, des serveurs, des habilleurs, des machinistes, toute une équipe qui ne se lâchait jamais d'une semelle. Elle les faisait jouer six mois par année dans la vieille maison de la plantation et le reste du temps ils partaient avec les roulottes n'importe où aux États. Une fois, ils s'étaient même rendus au Mexique.

Autour d'elle, Madame Louise laissait croire qu'elle avait assimilé tant les secrets des vieilles Noires sur les bateaux venus d'Afrique que les histoires des vieilles sorcières françaises qui hantaient alors les chambres de bonne de New Orleans. Elle connaissait toutes les recettes pour guérir de tout. Et elle connaissait aussi tous les poisons...

— A connaissa les fleurs, les racines pis toutt les osties d'mélanges de plantes mêlées pis d'foies d'turd pis d'joues d'poissons rouges vinaigrées dans d'la pisse de chiennes mens-truées!!! A connaissa des affaires qui faisa guérir qu'a disa... Mais moé, I know qu'a connaissa aussi des tites pourdes qui pouva t'sonner l'dingdong assez strong pour pu qu'tu saves pu jama comment s'tu t'appelles!

A l'ava pas l'droit de s'sarvir de ses afféres du yâb cont ma Jayne! Non...

Comme une dinde dans l'beurre fondu. J'éta g'lé gratis dix-huit heures a day, pis, comme la vieille goddam de witch ava trouvé la recette du Viagra bin avant toutt les doctors that's for sure, j'me sauça chaque fois qu'a voula, Mama Lou! Pis ava beau être une *christ* de folle pis une goddam de vieille bitch, a sava quoi c'est féré avec un os à moelle!!!

Fa que moé, pendant dix ans, j'ai pas trop charché à com-prendre pis à sawèr le pourquoi du why des afféres.

Une fois d'temps en temps, ent une tite pourde pis un ti broth, y'avait des fois s'que l'cerveau s'metta à spinner. J'v'na qu'à l'haïr bin fort, la vieille *christ*... Vieille folle.

Son houngan en a faite un sarvante tcheuk part... Hec des mélanges de pourdes pis des danses toutes les nuites pendant un mois, a l'a fini par s'effoirer, dret raide morte en plein milieu d'une ceremony. A l'est morte une première fois... mais in fact a l'était pas morte pantoute...

Son boss l'a faite enterrer dans sa cour à elle, dret pas trop loin d'ousqu'éta ma roulotte su la plantation. Y'a des danseurs pis des danseuses qui s'sont fait aller l'tibouchon pendant toutt c'te temps-là. Toutes les nuites pis toutt les jours y'ava des gardiennes qui protégea l'âme de Madame Louise en s'fessant à grands coups d'branches dans l'dos pis sué cuisses pis en arrachant des têtes de poule en s'faisant pisser l'sang dans face...

Au boutt d'une semaine de danse pis d'possessions multiples, il l'a faite déterrer...

Elle suait et elle avait du mal à respirer. Elle avait les yeux rouges et de l'écume blanche formait des bulles aux commissures de ses vieilles lèvres. En une semaine dans sa tombe, Madame Louise avait vieilli de cent ans. Elle tremblait comme une feuille quand le houngan s'approcha d'elle avec le contrepoison. Elle le but en pleurant. Elle savait déjà qu'à partir de là, elle ne serait plus bonne qu'à ramasser des manteaux dans des partys ou à brasser de la soupe aux écrevisses dans le restaurant d'un cousin du houngan à Brooklyn.

C'était en 1976 et Carl a vraiment eu envie de revenir au Québec à ce moment-là. Tout le monde parlait de Montréal et des Olympiques. Mais il avait été marié à Madame Louise et bien qu'il n'eût aucun souvenir d'une cérémonie, il se retrouva propriétaire de la plantation, du vieux manoir de même que de toutes les roulottes. Quant au reste, l'argent, les bijoux, les souvenirs, les poudres et les livres secrets, c'est le houngan qui ramassa tout.

~

Tandis que la voiture avançait lentement entre les roulottes, les vieilles tables en bois et les souches des chênes abattus, Carl regardait Jean en souriant. Le vieux trompettiste comprenait qu'il venait de trouver son dernier ami, son guide vers l'éternité.

— J'va t'laisser mon char... Pis à la gang j'laisse toutt ça icitte. Pu besoin de rien... Pu rien qu'besoin d'mon horn encore un ti-peu avant d'te l'donner lui avec...

~

Quand Madame Louise mourut finalement, tout près de dix ans après avoir été zombifiée, une grande partie de la troupe squatta la plantation. Carl, lui, se fit engager dans un orchestre de jazz à New York. Il joua ensuite quelques mois avec des gens qui avaient bien connu Madame Louise et qui organisaient une revue vaguement *vodou* dans Brooklyn. Carl avait alors cinquante-six ans et au contact de ces gens et de la grande ville, il retomba vite dans ses vieilles habitudes.

Quelques petites boulettes d'abord, qu'il finissait toujours par trouver dans l'un ou l'autre des repaires qu'il avait fréquentés jadis dans le Chinatown, maintenant tenus par les fils ou les petits-fils de ses premiers fournisseurs presque quarante ans plus tôt et qui étrangement portaient les mêmes noms que leurs aïeux. Il commença à s'envoyer un petit hit de temps en temps. Puis très rapidement et de plus en plus souvent, ce fut shoot par-dessus shoot dans tous les trous les plus malfamés du Lower East Side.

Carl passait le plus clair de son temps libre dans des repaires comme le Neither/Nor, là où la plupart des punks poètes de la grande ville oubliaient leurs nuits en récitant leurs cris. Il se sentait quelquefois un peu vieux dans cette faune où on le prenait trop souvent pour un reliquat de beat, juste assez dégénéré mais pas trop. Mais le bon vieux Carl ne traînait pas là pour la poésie, non. S'il aimait bien ce monde de prémutants, c'était parce qu'il y côtoyait des drogués. Il y rencontra des clowns hard cores qui prenaient leur pied à se faire jouer aux fléchettes dans le dos. Il y écouta des poètes noirs et blancs et des travelos verdâtres qui échangeaient des lignes de coke contre des pipes dans les chiottes. Il y avait d'autres junkies, bien entendu, qui tremblaient toujours un peu eux aussi. Et le jour, il arrivait à toute cette faune désœuvrée et souvent incapable de dormir, compte tenu de la douleur et des pensées galopantes, de se retrouver au Mars Bar pour boire autant de Rolling rocks que possible.

Ça dura trois ans et Carl en mourut presque. Un des poètes noirs qui se tenait au Neither/Nor, justement, un ami d'un ami du houngan qui s'était occupé de Madame Louise plus de dix ans auparavant, le reconnut et lui sauva la vie.

En filigrane des histoires de Carl, il y avait cet arrière-plan perpétuel, qui faisait que chaque fois qu'il avait sombré, le vieux fou ne s'était jamais relevé seul. Il devait toujours sa survie à une âme généreuse. Carl White, malgré son habitude de la solitude, n'avait jamais été capable de s'occuper de lui-même correctement.

L'ami le nettoya et le sevra comme il put. Il le ramena ensuite à la plantation et il s'assura que tous ceux qui y vivaient maintenant aident le vieux trompettiste à se refaire une santé. C'est cet ami-là qui lui dégota son premier contrat sur le *Queen of the Caribbeans*. Depuis 1988, Carl y a fait deux saisons par année. Quatre mois de bateau, puis quatre mois de roulotte, et ainsi de suite depuis seize ans maintenant à sillonner la mer des Caraïbes au grand complet.

Grâce à ces croisières, Carl a connu les plus riches et les plus puissants. Il a mangé de la soupe aux yeux de bœuf en Colombie et du poulet aux bananes à Panama. Il a mâché de la coca au Venezuela, léché des culs en République, fumé tout ce qu'on lui a allumé et bu tout ce qu'on lui a fait boire partout où il est passé. Pendant toutes ces années, et ce, peu importe l'état dans lequel il rentrait, chaque soir avant de dormir, Carl White a dansé, ne serait-ce que quelques pas et en titubant, avec la robe saumon de sa belle. Il a passé des nuits avec des sirènes, mais la plupart des rares fois où il a dormi seul, il l'a fait en serrant contre lui sa trompette et la robe de Jayne Mansfield.

Chapitre 8

Il faisait chaud et collant. Carl et Jean sirotaient une petite bière, et de temps en temps, des voix mourantes se mettaient à geindre derrière les portes et les fenêtres des autres roulottes. Tout était si humide qu'on avait l'impression que la boue ne séchait jamais tout à fait. Les pattes des meubles de jardin rouillés s'enfonçaient et, toutes les vingt minutes, Jean, pas mal plus lourd que Carl, devait se lever pour retirer sa chaise calée dans le sol.

Les roulottes étaient plutôt proches les unes des autres et les plaintes et les cris qui leur parvenaient glaçaient le sang de Jean. Pas sûr qu'il avait hâte à la nuit.

Il y avait quelques hommes et quelques femmes qui déambulaient entre les roulottes. La plupart se frayaient un chemin au travers des herbes hautes pour venir saluer Carl et aussi pour rencontrer le jeune gars-du-nord-comme-Carl. Une vieille femme, plus vieille encore que Jerry (elle devait bien avoir deux cent vingt-six ans), leur prépara un gros plat d'écrevisses brûlantes. Avec de la bière, Jean trouva cela excellent.

Ce soir-là, Jean remarqua pour la première fois que la main de Carl tremblait un peu. Il semblait anxieux en regardant fixement la vieille, comme s'il attendait qu'elle lui annonce une nouvelle. Elle posa sur lui un œil rempli de tendresse avant de dire :

— Spider's on his way, Charlie.

Carl sembla se détendre un peu.

— Good. C'est bon. Spider s'en vient...

Carl ne mangeait presque pas. Jean par contre était affamé et il semblait ne plus pouvoir s'arrêter. Il engouffrait les queues des crustacés sans se soucier de la brûlure des épices. Quand ça devenait insupportable, il éteignait les feux de sa gorge à grands coups de Bud fraîche en canette. La caisse se vidait très vite et Jean eut peur d'en manquer.

Carl souriait de temps en temps, mais il semblait de plus en plus anxieux. On aurait dit qu'il souffrait un peu. Ses vieux yeux, qui n'étaient plus vraiment habitués à regarder au loin, essayaient de percer la nuit. Toutes les vingt secondes, il se levait et faisait quelques pas vers la maison, comme s'il avait entendu quelqu'un arriver. Il attendait que la nuit crache ses cadeaux.

Tout autour, la symphonie des gémissements s'était enrichie de nouveaux cris, de nouvelles voix qui se mêlaient aux anciennes. Des lueurs et des ombres vacillaient derrière les fenêtres de la plupart des roulottes, et Jean ne savait plus vraiment si c'étaient des plaintes qui résonnaient dans la nuit.

Il n'y eut plus qu'eux deux dehors et trois ou quatre ombres furtives qui allaient et venaient sans cesse entre les rochers et les arbres, entre les roulottes et les carcasses des camions et des voitures.

— Y watchent... C'est leu job de l'fére à swèr. C'est toutt des zombies eux autres itou, dret comme Madame Louise. Y'en a tcheuks-uns dans leu team que, si tu leu dis pas d'se stopper l'cul, y continussent de marcher pour des semaines pis des months de même! Y vont marcher up until qu'y tombent! Ou bin else que somebody leu dise de s'stopper!

Carl tendit l'oreille avant que Jean ne commence à entendre les pas d'un homme lourd et de grande taille qui claquaient avec assurance sur les dalles de l'allée. Il avait le visage si blanc que c'était comme si un pied de poireau s'avançait rapidement entre les roulottes en faisant marteler ses talons, comme pour s'annoncer. Sa tête leur était apparue de plus loin que le reste de son corps. Il était habillé tout en noir et il avait une araignée tatouée dans le cou dont les pattes remontaient sur son visage, dans ses oreilles et autour de ses yeux.

Carl poussa un soupir de soulagement. L'homme s'approcha en souriant. Son dentier supérieur très blanc tombait et claquait sur ses dents jaunes et entartrées du bas, et ce, chaque fois qu'il souriait ou qu'il parlait.

Carl s'était mis à trépigner en voyant approcher son ami. Il regarda Jean en riant :

— Laid d'même, y sort jama daytime...

L'albinos tendit un sac en papier à Carl, qui lui en remit un autre. Restée une vingtaine de pieds en arrière, une ombre chancelante grattait la terre avec la plante de son pied, comme si elle avait hâte que l'araignée parte, que tout soit fini.

— Stay cool, Ramsay. Spider is going now.

L'homme tatoué serra la main de Carl.

— Wish you the best.

— Can't be better.

Ils s'embrassèrent comme deux vieux amis qui savaient qu'ils ne se reverraient plus et Spider s'éloigna sans se retourner tandis que les zombies le suivaient de loin.

— Demain we leave, mon Jean! À partir d'astheure, y m'manque pu rien. Ma darnière chunk de road peut décoller.

Demain, tu m'conduis in heaven! Tu m'ramènes back to St. Louis, à ma mama pis mon papa. Tu vas m'dropper dret à l'hôtel à mononc Tigérard, yes! Tu vas m'laisser right there parce que, l'temps que j'leu tell toute ma vie, I'll be too old to go anywhere else apra ça… Ramène-moé che nous, mon Ti-Jean, pis j'te donne mon char pis mon horn.

— T'es fou, tabarnak… Appelle-moi pas Ti-Jean, OK?

— We play trumpet toutt le way up! Comme que j'ai toujours faite… C'est ça qu'on fait nous aut dans vie : we play trumpet. Le monde feed us pis nous mettent un toit sua tête because qu'on joue d'la goddam de belle music pis qu'en plus, on est beaux… C'est pour ça qu'on est dans' vie, moé pis toé… So let's go and let's tell our story, my young man!

Chapitre 9

Route noire et ciel presque mauve. La nuit tombait sur la plantation quand le Station Wagon se mit à rouler doucement entre les roulottes qui semblaient encore plus sales et ternes que la veille.

Le mois de mai était torride et l'air, lourd et sale. Toute la nuit Carl avait toussé, râlé, ronflé, pété et gémi. Peut-être Jean avait-il eu un peu peur, il n'avait presque pas dormi. Il était resté accroché à sa trompette jusqu'au lever du jour, les yeux fermés pour ne pas voir les ombres qui passaient dans la nuit tout autour de la voiture. Il avait soufflé dans son instrument jusqu'au lever du jour. Et, quand les premiers rayons du soleil avaient commencé à faire briller les rondeurs des roulottes, une petite boursouflure gonflait sa lèvre supérieure.

Le jour était à peine levé quand Carl s'était activé. Pendant que Jean, probablement rassuré d'avoir survécu à la nuit, se laissait cuire dans le Station en somnolant finalement, le vieux musicien avait rendu visite à tous ses amis à qui il voulait faire ses adieux. Il avait distribué ses vêtements et la plupart de ses souvenirs. Il avait vidé sa roulotte, puis trois grosses femmes, deux Noires et une Blanche, l'avaient aidé à nettoyer pour laisser la place nette pour Cirrius, l'ancien habilleur de Madame Louise, qui n'avait plus de roulotte depuis que la sienne s'était désintégrée en janvier dernier pendant l'orage qui avait aussi eu raison des derniers volets de la maison.

Il faisait déjà presque nuit sous le manteau des chênes et des saules pleureurs quand le Station s'ébranla enfin. Jean était au volant et Carl était assis près de lui. Il souriait, le regard à la fois heureux et mélancolique.

Ils roulèrent lentement entre les roulottes, et des mains d'habitude sans vie les saluèrent frénétiquement. Tout le monde ici savait que Carl White, le trompettiste blanc, le mec de Madame Louise, le gars «qui finissa toutes les nuites dans l'litt d'la Mama Lou no matter d'combien d'queues qu'a l'ava eues dans' journée. C'te gars-là s'en r'tourna up there dret au paradis hec son papa pis sa mama pis toutt ses fréres pis toutt ses sœurs!»

Chapitre 10

– Rouler! rouler!...

Jean chantait le refrain de Pagliaro tandis que Carl, assis à côté, improvisait un accompagnement de feutre à sa trompette. Le jeune roulait en jasant de tout et de rien. Montréal, le reggae, les roots, la musique noire et la neige blanche. Il parlait aussi du fleuve qu'il aimait tant et qui lui manquait terriblement chaque fois qu'il était plus de deux ou trois mois sans le voir.

Carl, quant à lui, écoutait comme si les paroles de Jean étaient celles d'un prophète.

Entre chaque phrase, Jean demandait l'heure. C'était un blasphème pour un rastaman de ne pas en déboulonner un à 4 h 20! Tant et si bien que Jean fumait un pétard toutes les heures. S'il était et vingt ici, il était nécessairement 4 h 20 quelque part!

Ils roulèrent toute la journée. L'ambiance de trompette et l'air chaud du sud secouaient leurs lunettes noires. Le vent et surtout la nuit qui rentraient petit à petit par la fenêtre baissée continuaient de les bercer. Jean fumait tellement qu'il avait les yeux en forme de dreads. Carl roulait les joints de son chauffeur sans arrêt entre ses vieux doigts souples.

— J'ai starté d'roller du tobacco sué chantiers d'bois din Chics-Chocs hec Pa. J'éta pas plus qu'onze.

Sur le premier tronçon du chemin noir de son retour au bercail, c'était un joint sur deux pour Carl, l'autre pour Jean. Carl fumait le smack que Spider lui avait livré la veille, et Jean s'en tenait à l'herbe. La journée s'étirant, ce fut au final kif-kif smack and grass dans tous les joints, même si Jean n'aimait pas trop l'héroïne. Il en avait toujours eu un peu peur. Il se contentait donc de faire semblant de fumer quand Carl lui en offrait. Il savait que le vieux était heureux comme jamais et il ne voulait mettre aucune ombre sur ce départ lumineux. Carl avait du soleil dans les yeux. Ils roulèrent tant qu'ils purent, toute la nuit puis tout le jour suivant.

Trois pleins et une bouteille de whisky du Tennessee plus tard, ils s'écroulèrent dans le parking désert d'un bar en tôle ronde, perdu dans un champ de blé d'Inde quelque part dans une Caroline improbable par une fin de nuit du mois de mai 2004.

Chapitre 11

L e jour était complètement levé. Un gros fifth wheel accroché en arrière d'un pick-up Ford F-150 custom rouge sang était parqué juste à côté du Station. Le soleil frappait dur et les champs comme l'immeuble rond en tôle semblaient incandescents. Il n'y avait rien de bucolique dans tout ça. L'impression de campagne perdue avait pourtant été rassurante la veille.

Avec son affiche éteinte, le Corn Popped Hard Blues Café émergeait des murs de maïs. Un ruban d'asphalte neuf et noir s'enroulait autour du bâtiment bas et plat qui aurait tout aussi bien pu être un dépositaire Auto-Pro, une quincaillerie, un entrepôt de machinerie agricole ou un garage illégal spécialisé dans le maquillage de voitures volées.

Comme un Jack in the box, un monstre surgit du fifth wheel. L'homme était immense, un amas de viande et de chair qui se dirigeait, l'air mauvais et d'un pas étonnamment leste pour son poids, vers la voiture.

Deux mètres au moins. Six pieds et demi tout d'un bloc, coulé sur deux piliers de cuisses presque aussi gros que le tour de taille de Jean, déjà pas tout frêle. Carl, à côté, donnait l'impression qu'il était infirme ou lilliputien.

— Woufff... J'm'a pas senti souvent p'tit d'même...

Le monstre devait peser au moins deux cents kilos et sa tête avait l'air toute petite. Jean eut le réflexe de monter sa vitre et la chose se planta à côté de sa portière en lui faisant signe d'ouvrir.

Oh… Un bon centimètre. Au moins.

— What the fuck do you want?

Carl se pencha au-dessus de Jean en souriant et en regardant le monstre droit dans les yeux.

— We're musicians.

— Oh ya?

— Ya.

— Play.

— Now?

— Play.

Jean n'avait aucune envie de sortir de la voiture. Il amorça un mouvement pour démarrer le moteur, mais Carl stoppa sa main. Le vieux, une fois la surprise initiale passée, avait l'air tout à fait à l'aise et sûr de lui. Ce n'était pas la première fois qu'il se retrouvait dans de tels draps. Il ouvrit la porte de son côté et sortit.

— Sors! Y nous mangera toujours bin pas!

Jean sortit en hésitant. Carl s'était déjà mis à jouer, des arpèges de blues assez simples. Jean attrapa sa trompette et lança quelques notes furtives, ajoutant ce qu'il pouvait au côté bluesy du riff de Carl. Il jouait sans grand entrain, les lèvres un peu serrées et la colonne d'air obstruée par une boule d'angoisse. Il avait l'impression de sonner le cul! Pour bien souffler dans une trompette, faut être souple du coffre.

Un homme gras et velu, vêtu comme un pacha quétaine de Las Vegas dans les films cheap des années soixante-dix, sortit du fifth wheel. On se serait cru dans *The state of things* (*L'état des choses*) de Wim Wenders. S'il ne s'était pas déjà pris pour Elvis, il en était certainement un fan irréductible. Il regardait de ses yeux porcins Carl et Jean souffler leur vieux blues, sa grosse papatte boudinée bougeant on beat. Ses hanches frémissaient d'une telle manière que ç'aurait pu, si la graisse n'avait pas complètement envahi son corps, ressembler au célèbre balancement de pelvis d'Elvis lui-même.

Le sosie parla.

— I own this place. You'll be my guests as long as you play that blues. Jack will show you your stage and rooms. And yes! my big fat Jack, everything these two guys say is like if I was saying it myself!

∼

Les quatre nouveaux amis passèrent le plus clair de leur journée assis sous l'auvent de la maison roulante du clone d'Elvis. Ils burent doucement de la bière glacée pendant que le gros Jack égrenait petit à petit un gros caillou blanc. Le soleil tapait dur et Elvis racontait, l'œil humide.

— When my papa died, it was like if the stars had fallen off the sky for me and my twin brother, Tortelvis. «Go, my sons, go...» said Elvis my dad on his death bed. «Do what has to be done. Do what God wants things like. If Mozart was gifted, it's to express certain of His vues and meanings through music. God has given me a vue and a meaning my sons and I'm passing it to you both today!» My brother and I were a bit stunned. What was about to reveal us our dear father, whom didn't even know, a few moments before that, that he had two twin sons, bastards he had with a French Canadian woman from Trois-Pistoles...

— Hey, that's where I'm from!! s'écria Jean.

— Chill! Maybe we're related! And it would mean you're related to the King himself. So you might be royal family!

— Cool…

— Speak French?

— Oui.

— Fuck…

— Quoi…?

— Moé si stie.

— Shit… Cool.

— Fuck!

— Continue ton histoire en français d'abord!

— Oui bin là, quesse vous faites?! Dousse vous mnez? Cé qu'vous allez?

— On est musiciens. J'm'appelle Jean. Lui, c'est Carl. On jouait sur un bateau din Caraïbes. Pis Carl s'en r'tourne dans son village en Gaspésie… Ça fait quasiment soixante ans qu'y est parti. Y s'ennuie. Y'est fatigué… Pis crisse, à foirer comme y foire, c't'encore surprenant qu'y puisse se rendre! Moi, je l'ramène chez lui pis, en échange de ça, y m'donne son char. Bon deal pour tout l'monde.

Carl était émerveillé. Il n'en revenait simplement pas.

— T'es really le fils d'Elvis!?

— Yes sir, Mister Carl. C'est un fait, it's a fact… Mon père aurait été fier de nous voir icitte. On va lui faire un gros gift! On va chanter ensemble : on va chanter du Led Zep comme ça devrait être fait, comme la *mission* que God a donnée à mon père, right comme y'a dit avant de mourir à mon jumeau pis à moi!! Sing along brothers, a song by Led Zeppelin sur le beat de God himself, sur le reggae beat! And let's sing juste like Elvis!

Jack entama un groove de reggae bien lourd, en faisant comme les rappeurs, avec sa bouche et ses mains. Et le gros fils d'Elvis se mit à chanter *Black Dog* exactement comme Elvis l'aurait fait, effets de voix et tortillements du cul pour le même prix.

Hey hey, mama, said the way you move
Gonna make you sweat, gonna make you groove.

— Elvis was right, mes bébés! C'est notre *mission* now! Mon frère a son band! Moi, je chante Led Zep avec n'importe qui qui est on the road. Anywhere anytime, mais surtout icitte au Corn Popped Hard Blues Café! Je booke toutt les shows Hommage to Led Zep ou Elvis Revival que tu peux pas imaginer, pis n'importe quel sound system! My brotha Jean! Faut qu'tu viennes avec ton band! On fait des shows, pis moi j'investis dans mon Corn Popped Hard Blues Café parce que that's what people want! Le reggae, c'est the voice of gods, mes amis!!

— Oh yes, you bet! C'est la musique des dieux! Oh yes...

Jean roula un gros joint en forme de cône, comme les rastas français le faisaient l'été dernier dans le studio de Dubré à Montréal, pendant les Francofolies.

Oh oh, child, way you shake that thing
Gonna make you burn, gonna make you sting
Hey hey, baby, when you walk that way
Watch your honey drip, can't keep away
Ah yeah, ah yeah, ah ah ah
Ah yeah, ah yeah, ah ah ah.

Carl gloussa et rigola de contentement. Il se leva et se dirigea vers la voiture. Jean était estomaqué. Il avait la bouche ouverte et les yeux plus grands que jamais. Pas de café encore, à peine réveillé, deux bières une ligne un *bat* et il écoutait chanter Elvis sans trop savoir s'il rêvait ou s'il était en train de devenir fou. De toute manière, depuis trois jours, il ne semblait plus capable de faire la différence entre le vrai et le faux. Pour la première fois de sa vie, la peur le prit d'avoir trop fumé et de rester accroché pour toujours.

Encore plus gros que le King lui-même à sa mort, le fils d'Elvis chantait *Black Dog* avec la même voix que le King. Un rappeur de cinq cents livres soufflait et pouffait entre ses doigts pour donner un swing reggae à tout ça. Le gars parlait français, on était en Caroline et il était propriétaire du Corn Popped Hard Blues Café!

En plus, il disait qu'il venait de Trois-Pistoles!

— Fuck...

Carl farfouillait encore dans le Station. Il ouvrit ses bagages et ceux de Jean et il trouva finalement une bouteille encore pleine de vieux rhum, souvenir que Jean rapportait d'une escale à Kingston en Jamaïque.

I gotta roll, can't stand still
Got a flame in my heart, can't get my fill
Eyes that shine burning red
Dreams of you all thru my head.
Ah ah ah ah ah ah ah ah ah ah ah ah ah.
Hey, baby, oh, baby, pretty baby
Tell me what you do me now.
(Repeat)

Carl devint grave en écoutant les paroles de la chanson. Il avala une riche gorgée de rhum et un nuage passa dans le ciel. Il plongea la main dans son sac pour caresser, du bout des doigts, un coin de la robe couleur saumon. Jean, même s'il était stone à n'en plus bander, alluma quand même un autre joint. C'était presque un réflexe, un geste qui vient avec le reggae, avec la musique. Une manière de faire en sorte que tout soit toujours au plus high du plus smooth. C'était un calumet de paix qui le mettait en contact direct avec les dieux.

Didn't take too long 'fore I found out
What people mean my down and out
Spent my money, took my car
Started tellin' her friends she wants to be a star
I don't know but I been told
A big legged woman ain't got no soul.
(Chorus)

Jean passa le joint, posa sa trompette sur ses lèvres et joua la mélodie. Elvis sourit en fumant, Carl s'approcha de son jeune ami, la bouteille de rhum dans une main et sa trompette dans l'autre. Il entama une ligne de basse, accent tonique sur le troisième temps de la mesure.

Guitare et basse à deux trompettes, Jack au mouth drum, un joint, une ligne et une bouteille de rhum. Presque un band. Un sound system! Et tout ça dans un parking noir et chaud de la campagne industrielle de la Caroline avec la mer pas très loin! Ça sentait l'Afrique…

All I ask for when I pray
Steady rollin' woman gonna come my way
Need a woman gonna hold my hand
And tell me no lies, make me a happy man.

— Des fois, la vie est belle.

~

Jean, Carl, Elvis et Jack burent, fumèrent et se poudrèrent le nez toute la journée puis une partie de la nuit suivante. Le Corn Popped Hard Blues Café n'ouvrit pas ce jour-là.

— Congé! avait lancé Elvis, tonitruant. Soirée off!!!

Assez bizarrement, et en y repensant bien, Jean réalisa longtemps plus tard qu'aucun client ne s'était pointé, ni de la journée ni de toute la soirée…

Et tout au bout de la nuit, quand le soleil se mit à bleuir le noir du ciel, Carl ferma les yeux, le cul posé sur le hayon baissé du Station et les pieds pendant dehors. Jean, lui, s'endormit de travers sur le siège avant, les deux portes ouvertes, sa trompette bien serrée contre lui.

À peine quelques heures plus tard, le soleil bien haut, Carl et Jean marinaient encore dans leur jus sans même penser à changer de place, totalement abrutis par l'alcool, les joints et la coke.

~

C'est Carl qui se réveilla le premier. Il se leva péniblement et resta assis sur le hayon pendant quelques minutes, aveuglé par le soleil déjà clair et brillant. Il suait de tous les pores de son corps et il avait la tête qui faisait mal. Il avait les mains et les pieds enflés et il aurait fallu qu'il enlève ses souliers.

Il avait besoin d'un hit de smack, et vite. Il posa un pied sur le parking puis tourna le regard vers le Winnebago de leurs nouveaux amis.

Disparu.

— Jean… Eille man!

— Quoi?

— La rig est partie.

— Quelle rig?

— La rig d'Elvis.

— …

— Look.

Jean se mit sur le ventre et ne leva d'abord que les yeux. Il regarda autour, puis se releva complètement. Il scruta l'horizon de gauche à droite.

— Y'ont dû chercher d'l'ombre…

Carl retourna rapidement à l'arrière du Station. D'un geste nerveux, il tira vers lui son késse de trompette et l'ouvrit. Elle y était toujours. Il sourit et se calma un peu.

Pendant ce temps, Jean se grattait copieusement les couilles, puis les joues. Oui, avec la même main. Il rangea sa trompette, puis se fourra un botch de joint entre les lèvres. Il fouilla dans ses poches pour y trouver du feu…

— Fuck…

— What?

— J'ai pu une crisse de cenne…

Carl mit ses mains dans ses poches.

— Goddam…

— On s'est fait faire bin correct… Tabarnak.

— You may say so…

Jean ouvrit la boite à gants. Vide.

— Pis on a pu d'dope non plus, mon Carl…

Chapitre 12

Jean pensait souvent au fleuve, glacé à n'en plus finir. Il se rappelait quand sa mère, en revenant de travailler à l'hôtel, restait sur le quai à regarder les blocs de glace se fracasser les uns contre les autres, s'agglutiner tout autour de la coque du vieux traversier parqué là jusqu'à ce que le printemps vienne le remettre à flot. Elle aimait entendre son fils se déchirer les poumons en essayant de tirer une note de la vieille trompette de fanfare toute pourrie que son grand-père lui avait laissée. Elle rêvait déjà de le voir monter un orchestre sur le vieux rafiot, pour qu'il agrémente un jour la traversée de ces touristes qui n'en avaient que pour la beauté de l'estuaire, pour les baleines.

Jean avait toujours aimé l'hiver. Quand la glace était solide autour du bateau, il pouvait monter à bord aussi souvent qu'il en avait envie. Il prenait place sur le pont des passagers, tout seul. Il réchauffait l'embouchure de sa trompette dans le creux de sa main. Il la posait ensuite sur ses lèvres et il fallait qu'il joue fort, sans s'arrêter, pour qu'elle ne refroidisse pas, pour qu'elle ne colle pas contre sa bouche. C'était après l'école et il imaginait que personne ne pouvait l'entendre. Il jouait les yeux fermés des airs de vieux blues en rêvant qu'il faisait quarante degrés.

Sous ses paupières closes, il y avait des danseuses créoles. La sueur coulait le long de leur dos, ruisselait jusqu'à ses pieds puis s'évaporait en petits nuages de vapeur rosée. L'odeur envahissait tout l'air et la vieille trompette de son grand-père lui semblait sonner encore mieux. Et Jean en jouait de plus en plus fort.

Sa mère criait pour qu'il vienne faire ses devoirs et lui, les lèvres fendues dans l'air salin du quai de Trois-Pistoles, il entendait hurler les chœurs dans sa tête et il jouissait dans sa *suit* de skidoo tellement il aimait ce son qui brillait dans le froid mat de l'hiver.

C'est en imaginant la chaleur et les ambiances enfumées du sud, en rêvant des brûlures de rhum sous sa langue et dans son cœur, en sentant presque le soleil sur sa peau et la moiteur sur ses mains, que Jean arrivait à survivre à l'hiver.

Il entendit Bob Marley pour la première fois alors qu'il avait douze ans. Il découvrit ensuite les autres, Skatalights et compagnie. Puis il entendit Don Drummond, le tromboniste jamaïcain, qui faillit le faire changer de cuivre.

— J'ai lâché l'école, j'avais seize ans. J'étais c'que j'jouais, c'est tout. J'avais rien. J'entendais des mots et des notes déjà, pis ça s'rythmait toujours de la même manière... J'aurais p't-être pu devenir écrivain, ouin... Parce que j'ai toujours aimé ça, raconter des histoires. Pis plus j'fume, plus j'en raconte... C'est comme des images qui apparaissent en arrière de mes yeux... Y'a des mots qui s'forment autant qu'des notes... Ça m'dit tout l'temps quek chose... Des fois, ça surprend le monde que j'connaisse autant d'écrivains, autant de romans, autant de poètes pis autant de poèmes... Le monde, y'oublient que j'ai été un peu élevé par un écrivain...

Moi, j'ai toujours fumé pis j'ai toujours bu.

J'étais p'tit quand on habitait dans le chalet proche du quai. J'pense que ça avait été au père de ma mère. On restait là sur le bord du fleuve pis j'me souviens du bruit des chants dans la nuit, j'me souviens du bruit de verre pété. J'me souviens des sacres pis des cris, comme si y'avait une grosse chicane sul quai. Mais on entendait rien qu'une voix… une voix d'homme saoul qui s'chicanait tout seul contre lui-même. J'me souviens qu'ma mère s'était levée, pis que, sans rien allumer, elle avait regardé dehors, pour pas s'faire voir. La marée était haute pis les vagues se cassaient contre les grosses roches du quai. « C'est Lévy… Va t'coucher, mon Ti-Jean, va t'coucher. »

J'avais cinq ans pis, cette nuit-là, j'ai vu Victor-Lévy Beaulieu casser ses bouteilles sur les bittes d'amarrage du quai de Trois-Pistoles. Tout l'reste de la nuit, y'a hurlé qu'y boirait plus jamais.

Moi, j'aime ça boire. Mais mon vrai buzz, mon gros kick, c'est ben plus de fumer. J'fume comme d'autres prient, j'fume comme on s'réunit dans les églises. J'fume jamais tout seul, je communie. J'ai jamais été malade sul pot.

Le temps que j'ai été avec Carl, là, j'ai peut-être trop bu…

Chapitre 13

— La route était belle, c'tait le mois de mai, y faisait chaud pis la nature au complet était au cul! Ça sentait presque le sperme! On était cassés comme des clous, mais ça allait. Rien à foutre du cash dans l'fond, pis c'est pour ça qu'on est musiciens! Emm'nez-en, d'la misère, on va s'arranger avec! On va vous en jouer d'la musique…

Jean avait perdu environ quatre mille dollars dans l'aventure du Corn Popped Hard Blues Café. Carl, lui, en avait perdu quelque chose comme huit mille. Mais le vrai problème, c'était qu'il s'était aussi fait piquer toute sa dope.

Le vieux Carl commençait déjà à gémir. Il avait mal au ventre et, depuis deux heures, il était couché en arrière, plié sur les bagages, son horn bien accoté sur ses lèvres un peu molles. Il poussait trois ou quatre notes, puis ses plaintes de vieux junky en manque prenaient le dessus.

Sur le *Queen*, Jean ne s'était pas imaginé que Carl pouvait être accroché à ce point-là. Les junkies, ça paraît pas quand ça va bien. Ça paraît quand ils sont en manque.

— Carl, on est presque vide.

— Gotta put some gaz.

— Moi, j'ai pus une cenne.

— …

— Shit.

Jean prit la première sortie et s'arrêta dans un parking de centre commercial. Il s'installa tout près des portes tournantes et il joua des airs que les gens du sud connaissaient bien. Il se fendait le cœur, mais il n'était plus assez stone pour embarquer complètement.

— Je me sentais vraiment trop fake avec mes *Amazing Grace* sirupeux pis mes *Oh When the Saints* saouls.

Finalement, au bout de deux heures, et ce, juste avant que les flics ne viennent le faire chier («j'commence à les sentir de loin, ceux-là»), Jean s'est arrêté. Avec les cinquante-huit piastres et vingt-cinq de sa récolte, ils ont fait le plein, mangé un hamburger chacun et partagé une grosse frite molle et huileuse.

— Crisse que j'ai eu envie de manger une poutine à c'moment-là !

Une fois les assiettes vides, Carl a longtemps regardé les flics l'épier avant de se mettre à trembler. Ses yeux se sont fâchés.

— C'est cool, Carl, on s'arrache. Faut te trouver d'quoi pour t'calmer. Pis y nous reste pu rien que seize piasses. On fait combien d'millage avec une tinke de ton Station, mon Carl?! Pis avec seize piasses, on peut-tu te trouver un hit dans l'coin?

Chapitre 14

— J'me souviens juste dret comme hier quand qu'chu parti d'che nous. J'ta juste quinze... Pôpa v'na dret de m'annoncer que there was no land for me... Y falla que j'alla à ville tcheuk part pis que j'me trouve some work... J'ta l'plus jeune pis le weakest d'la famille. Pis c'éta moé qui v'na saoul l'faster itou! Toué swèrs après qu'les fréres pis l'pére sonta rentrés du bois, du champ ou bin d'la barn, y'ava faim pis y'ava soèf some goddam de time! Mes sœurs fournissa pas à les faire manger pis à les faire boire. Moi, j'ava pas leu force. Depuis l'âge de onze ans, j'parta hec eux aut eul matin, mais apra l'dîner, j'ta dispensé. J'pouva pas suire anymore... J't'a pu capab... J'ta pas assez fort...

Fa que j'alla dans cave pis j'joua du cornat, comme qu'on appela ça dans c'temps-là. Pis j'buva d'la biére.

L'soir apra l'souper, mes fréres s'metta à boire eux aut itou, pis mes sœurs s'metta à chanter en lavant les assiettes. Pis moé, j'joua encore du cornat.

Depuis l'âge de onze ans qu'ça s'passa d'même toué jours.

Une *couple* de jours avant mes seize ans, mes fréres sont sortis tu seuls. C'ta early l'printemps c't'année-là, just like comme c't'année-citte. Mon pére m'a faite un signe de rester assis right there ousque j'éta...

Fa que chu resté assis right there ousque j'éta...

Me d'manda bin c'qu'y voula. C'éta pas plus qu'la third time qui m'parla direct à moé dans face. The first, ç'ta pour dire à moé que l'aut baby d'ma mére apra moé y'éta mort. La deuxième time, c'ta pour me dire que j'ava fini ma sixième année pis que that was just enough dret comme ç'ta là.

Pis c'ta'l là icitte, la third, t'was to tell me qu'mes fréres en ava plein l'cul de m'feeder pis que j'passe mon temps à blower dans mon horn du yâb! So si j'voula, j'pourra p'têt aller au siminaire pasque les curés y'aiment ça eux aut la music...

J'ai dit :

— Non, pôpa... J'veux pas v'nir un curé fif, moé!!

— Dis pas ça, mon tigas, l'bon Yeu va t'punir... Faut qu'tu gagnes d'l'argent astheure. J'ai pu assez d'terre pour toé. Fa que tu t'en vas au siminaire... Ou bedon faut qu'tu t'trouves une job.

— Une job? Y'en a pas icitte, des jobs!

— Bin va falloir que t'ailles ailleurs d'ebord.

— Ailleurs? Où ça ailleurs?!

— Ousque tu voudras. Pars, pis arrête-toi quand t'auras trouvé une job. Tu r'viendras quand t'auras assez d'argent pour payer ta pension ou bedon quand qu'tu trouveras une maniére de travailler par icitte.

— C'est la guerre, pôpa!

— Bin tu t'enrôleras pis t'iras t'battre si tu trouves pas d'job...

— Goddam! m'battre à guerre, moé?!

Chu parti y'éta pas encore huit heures du matin. J'ai marché dans' mud jusqu'à Nouvelle. Pis là, j'ai couché dène shed, pis l'lend'main matin, j'me su mis à fére du pouce.

J'ai payé toutt mes lunchs pis toutes mes nuites en jouant dans des hôtels pis sué quais des bateaux pis din voitures de

ch'min d'fer en montant, dans l'bout de Rimouski first, pis
après ça à Québec, pis à Morial... J'en ai vu, des fancies de
belles places pis des angels de belles madames... Pis comme
que j'éta pas trop trop laite, y'en a qui m'faisa coucher avec
elles...

Ça m'a pris deux mois monter à Morial. Chu t'arrivé en
ville pas longtemps avant la St. John de Baptiste.

En route tcheuk part, j'ta à Québec... Oui oui, y'ava t'un
hôtel sul faîte du cap qui m'faisa jouer aux tables avec un
joueux d'*accordeon*, c'éta le début de mai pis dans la rédio,
y'ont annoncé qu'la guerre éta over.

Ça été some party ça, mon homme! Ça dû m'prendre
plus qu'un aut mois pour arriver à Morial, pis là y'a eu encore
plus du fun. Some, some party. J'ai joué du horn là, mon
chum, all the time. Les clubs, les filles partout, oh my good
lord! And the Chinese places...

Pis j'ta content, parce que pu d'guerre, ça voula dire que
j'aura pas besoin d'y aller!

Ça fait soixante ans almost direct que chu parti d'che
nous. Soixante ans. C'est plus de temps que bin des vies toutt
entières ça, mon Ti-Jean. Pis toé, tu m'ramènes dret là...

Chapitre 15

— Appelle-moi pu Ti-Jean! J'haïs ça, tabarnak... Eille, r'garde ça en avant!

Le jour et son soleil cru doraient violemment New York. Ce n'était pas la première fois que Jean voyait la ville sans ses tours, mais ça l'émouvait encore.

Ça ne fit pas grand-chose à Carl qui tremblait comme une feuille, le nez dans son col de chemise et les yeux à peine entrouverts qui fixaient le siège entre lui et Jean. Il se grattait les bras, le cou, le ventre et les jambes à se les écorcher. Carl avait besoin de smack, alors les tours...

Jean gara le Station au coin de McDougall et de 3rd Street. Toutes vitres ouvertes. Il y avait le beat, la rumeur et les effluves. Les coins d'ombre arrivaient à peine à rafraîchir une journée déjà trop chaude. Des jeunes hommes et des jeunes filles fêtaient la fin de leur semestre. Les odeurs de pétrole et de sucre brûlé semblaient euphoriser tout le monde, Jean y compris. Carl tremblait de plus en plus. Il se foutait complètement de ce superbe jour de mai, il était en manque. Alors le superbe jour de mai...

Carl ne pensait qu'à aller au Blue Note, mais Jean voulait d'abord passer un coup de fil à une vague connaissance, un ami d'un ami rencontré l'automne d'avant à Montréal, pendant un gros sound system que Dubré avait monté.

Dans la rue McDougall, il y avait des filles comme Jean n'en avait pas vu depuis l'été précédent, à Montréal. Après quatre mois de madames de Laval sur un bateau avec tout le monde, un collier de fleurs autour du cou, ça émoustillait le rastaman! Jean aimait beaucoup les nombrils des filles. Carl, lui, s'en foutait des nombrils, il voulait aller au Blue Note, alors les nombrils…

— Let's go, man. Arrête de sourire stupid! On est icitte, on est dret icitte! Pis no later qu'à soir, you get une chambre propre, un bain chaud pis d'l'argent plein tes poches grâce dret à Mister Carl White qui va s'appeler Charles Leblanc d'icitte not long a time! Pis toutes les ladies pis les girlies que tu vas vouloir, a vont toutes v'nir se pendre apra ton horn, mon Ti-Jean! À soir on joue dans un vra jazz club, my friend!

Tout excité, le vieux débarqua d'un coup sec du Station. On aurait dit qu'il avait ramassé ses dernières réserves d'énergie pour surmonter la douleur de son manque. Il revenait en arrière et, comme en 1948, l'espoir lui donnait des ailes. Il ramassa son késse de trompette et se rua dans la 3rd Street sans même refermer sa portière. Jean arriva derrière lui en face du Blue Note, au moment même où Carl se mettait à bûcher sur la porte en hurlant :

— Hold on to your ears! I'm back!

Carl entra comme un fou dans le célèbre club. Jean essaya de le rattraper, mais le gros bouncer black le repoussait déjà dehors!

— Don't touch me, man! I'm Carl White and I was bopping this place out, you weren't even born yet!

— Ya sure, Pa! And you'll bop it again only when I die! Get back to the street, old man, you're place ain't here!

— Ah fuck you! I'm going to kill you! I'll fucken kill you!!!

Jean réussit finalement à retenir Carl, totalement hystérique, qui hurlait de sa pauvre voix éteinte et à bout de souffle dans les oreilles de son ami. Ses bras maigres frappaient l'air autour de sa tête tandis que Jean l'éloignait du gros bouncer. Jean s'arrêta au coin de la troisième et attrapa le téléphone public en face de la pizzeria. Il se faisait taper et hurler dessus, mais il réussit malgré tout à composer le numéro de Trent.

~

La voiture traversait le Brooklyn Bridge et Carl, couché derrière, râlait, pleurait et gueulait contre la connerie insondable du videur du Blue Note.

Trent habitait un petit loft, près de D.U.M.B.O. En allumé angélique, il comprit tout de suite le désespoir de Carl, presque comme s'il vivait lui-même sa douleur. Au bout d'une heure de ses bons traitements, le trompettiste était redevenu humain. Il avait les yeux mi-clos, un verre de vodka en équilibre sur sa cuisse et le horn au bec, il jouait sans réfléchir. Trent écoutait religieusement toutes les notes, frémissant au moindre tressaillement des lèvres du vieux.

Torse nu, en short, il avait une vieille tuque de rappeur posée en équilibre sur sa tête de quinquagénaire fripé et qui ne cachait pas complètement le tatouage sur son crâne. Trent préparait un deuxième shoot pour le vieux. L'ambiance était nettement plus smooth qu'au premier. Carl continuait de jouer, tranquillement, les yeux presque fermés. Il soufflait doucement en regardant leur hôte préparer un nouveau mélange dans une cuillère qui en avait vu d'autres. Carl savait qu'il était en train de jouer pour payer sa dope, son lit et son repas.

Pendant qu'il se concentrait sur sa préparation, une veine s'était mise à palpiter sur la tempe de Trent. Jean était obnubilé par les couleurs qui dépassaient de la tuque. Lâchant la cuillère et le briquet quelques secondes, Trent l'enleva et la posa sur son genou.

Il avait un cerveau tatoué sur la tête. Il passa des lunettes en carton à Jean, puis à Carl, du genre de celles qu'on donne au cinéma 3D. Son tatouage était dessiné en doubles traits rouge et vert et, avec les lunettes, on avait l'impression que son cerveau poussait pour sortir à travers la peau de son crâne.

Jean eut un haut-le-cœur et Carl rigola en faisant sa tête de sorcière, comme chaque fois qu'il était heureux.

~

La première nuit, tout le monde s'écroula un peu partout dans le petit loft mais, le lendemain, Trent les avertit après le petit-déjeuner (copieux, chaud et exquis) qu'ils ne pourraient plus dormir là. Il n'avait pas de place pour les héberger.

— Do you know a place where we can sleep in our car?

— Anywhere around here. I'll talk with the right people. You can shower here, and spend time also…

Un vrai bon gars…

~

Le coup du Blue Note avait miné encore plus profondément le moral déjà fragile de Carl. Avec du recul, Jean eut l'impression que c'est là que son vieil ami avait vraiment compris que sa fin approchait. Muet comme une carpe, il passait ses journées couché derrière, et Jean commençait à être un peu tanné de tourner en rond dans New York pour trouver des bons spots où quêter assez longtemps avant que les flics ou la racaille viennent les chasser.

Le soir, ils rentraient à Brooklyn. Ils achetaient un peu à manger avec ce qu'ils avaient gagné en jouant dans la rue ou dans les parcs. Ils partageaient ensuite avec Trent qui, lui, fournissait l'alcool et la dope. Carl se shootait au moins deux fois par soir, et Jean fumait sans cesse. Sinon, le reste du temps, ils jouaient de la trompette ensemble.

La rechute de Carl n'avait plus de fond. Elle frappait plus durement encore que dans toutes les histoires qu'il racontait. Jean avait l'impression grandissante que plus rien n'arriverait à motiver son ami à s'arrêter encore une fois.

— J'ai mal partout, Jean… Toutt mon corps y hurts pis j'peux pu supporter c'te douleur-là…

Toutes les nuits, Jean laissait les vitres entrouvertes dans le Station. Comme ça, il avait l'impression que les ronflements de Carl l'empêchaient moins de dormir. Les gangsters les saluaient comme s'ils étaient de vieux amis et la peur de se faire égorger se dissipa dès la seconde nuit. Trent avait parlé aux bonnes personnes.

Chapitre 16

Ils étaient là depuis presque une semaine déjà et Jean en avait de plus en plus marre de tourner en rond. Ils gagnaient à peine assez d'argent pour manger et pour mettre un peu d'essence dans le Station en faisant leur petit show tous les jours dans Washington Square. Leur manège ne les menait nulle part. Un matin qu'il pleuvait et que le mercure ne dépassait pas quinze degrés Celsius, Jean eut vraiment le blues. Il décida de rester couché. De rester là. De dormir.

Trent les réveilla en fin d'après-midi.

— I'm leaving town for a couple o' days. I might have something for you when I get back.

Trent monta dans une vieille Impala grise et décolla.

— Ciao, guys!

— Ciao…

— …

— Shit! Fuck! Y'a oublié de nous laisser les clefs!!!

— Oh no!… Fuck… Chu faim moé!

Jean fouilla dans ses poches, une poignée de pièces, quatre billets de un dollar.

— Y nous reste un peu plus que cinq piasses…

— Can't even buy two hamburgers…

— Viens, j'ai vu quek chose hier.

Jean démarra et monta sur le pont de Brooklyn vers Manhattan. Il se rendit au coin de la 1st Avenue et de la 1st Street et se gara juste en face du Mars Bar. Carl avait reconnu l'endroit et il voulut y entrer, rempli d'une énergie nouvelle. Mais Jean l'attira un peu plus loin, dans un greasy spoon à l'air infect qui annonçait « Two eggs ham and cheese .99 $ all day and nite ».

— Here we go, Carl !

— T'ava vu ça hier, toé…

Le lieu était infect. Il n'y avait ni table ni chaise dans le couloir étroit, seulement un comptoir en mélamine orange qui avait déjà connu de meilleurs jours. Les coins avaient été recollés avec du duct tape gris et le dessus, qui n'avait probablement pas été lavé depuis qu'il avait été installé, était presque aussi collant qu'un ruban pour attraper les mouches. À le voir constellé de petites taches vertes et brunes, on se disait qu'il devait effectivement servir à ça. Il y avait aussi de longues coulisses jaunâtres qui descendaient du plafond et qui venaient rejoindre les comptoirs de préparation et le dessus des fours et des armoires. Trois Portoricains couraient dans tous les sens derrière le comptoir.

— Wha' can a do faw ya !?

Jean voulut dire « nothing » et rebrousser chemin, mais Carl fut trop rapide :

— Two eggs… s…

Le serveur interrompit le vieux Carl, au mépris de toute règle de politesse, et cria par-dessus son épaule.

— Two eggs ham and cheese ! And sir ?

— Same…

— Two eggs ham and cheese again !!

Un deuxième Portoricain attrapa quatre œufs et les cassa dans un cul de poule. Il y lança ensuite une poignée à moitié vide de miettes d'un simili jambon tranché douteux, puis quelques petits carrés de fromage singles de Kraft. Il touilla énergiquement puis divisa la mixture en deux. Il versa finalement le tout dans deux contenants en styrofoam, qu'il fourra au micro-ondes. Quelques minutes plus tard, il faisait glisser les deux contenants devant Jean et Carl.

— Drinks?

— No thanks.

— One nity eight.

— Thank you.

Carl mangea tout et avec un certain appétit. Jean, quant à lui, se contenta de tripoter sa bouffe sans rien avaler.

~

Couché sur le côté en travers des bagages, sa trompette mollement posée sur ses lèvres, Carl intercalait grognements, soupirs et phrases musicales très courtes. À toutes les minutes, il s'interrompait pour gratter ses pauvres bras maigres ou son ventre ridé, ravagé de rougeurs noirâtres. Carl était encore en manque, et la douleur qu'il s'efforçait de taire l'achevait petit à petit.

Ses souvenirs étaient confus. Il avait presque oublié son ami l'Irlandais, le Wallace qui lui avait fait goûter à l'héroïne pour la première fois, en 1948, là même à Manhattan. Il avait été assez fort pour toujours assez bien contrôler sa consommation. Il était encore en vie, même s'il avait eu ses hauts et ses bas, ses périodes d'abstinence alternant avec celles de fréquentation assidue. Carl avait toujours été un amant fidèle.

— Emmène-moé sul West Side, mon Ti-Jean. I'm beat! Pis j'ai l'need de wèr mon vieux chum Herbert...

— Oublie le West Side, Carl. Oublie Herbert. Tout ça, c'est mort astheure. Pis c'est Jean mon nom, pas Ti-Jean...

— Bring me sul West Side. Ça m'fait toutt mal, toutt mal toutt partout sul corps pis en d'dans itou, Jean...

— On va jouer à soir, Carl. On va se trouver un party, on va manger, on va boire, on va passer le chapeau pis, demain, j'te l'promets, on va aller dans le West Side. OK?

— Non, pas d'main, tu suite... J'veux wèr les poets, les pas rasés pis les ceuzes qui s'promènent dans des costumes d'Harvard hec des needles din veines comme moé, mon Ti-Jean... Jean... J'veux wèr le gars qui parla comme moé j'parle pis comme toé itou... Qu'sa mére a v'na du Lower St. Lawrence comme toé itou. J'ava arrêté à Saint-Pâcome, mais j'l'ava pas vu d'la même maniére qu'y l'raconta, son village à sa mouman... Lui y tinka en *christ*... Pis y'ava l'aut grand slack hec sa face de croque-mort... C'est lui qui showed me comment m'piquer din veines, hec eul Wallace d'Irishman... Y'ava une grosse voix ben calme pis pas trop loud... Pis y'ava Parker pis son sax... Pis y'ava Herbert qui disa qu'he was beat, man... Parker qu'y'ava l'air d'un bouddha hec ses ti-yeux farmés... Parker qui est mort en riant d'un jongleur on tivi... Parker qui s'appela le musician perfect... Ça, c'est toutt eul poet de Saint-Pâcome qui m'a toutt dit ça...

— Demain, Carl. Demain...

— Ousquié Trent?

— Sais pas, Carl... Dors, mon Carl, dors.

~

Trent est revenu comme prévu, le troisième soir.

— Come up to my place. I got something for you, guys!

Chapitre 17

La pluie continuait de tomber, les vitres du Station étaient pleines de buée et ça puait le vieil alcool, le tabac froid et les bas sales. Carl était toujours affalé en arrière et ses ronflements empêchaient Jean de dormir. Ils avaient passé une partie de la nuit chez Trent à boire et à se défoncer tranquillement pendant que Trent racontait qu'il avait rencontré des gens de là-bas qui avaient besoin de quelqu'un pour organiser des fêtes privées à New York. Il voyait déjà la manne qui tomberait et il était tout content d'annoncer à Jean et à Carl qu'ils en profiteraient sûrement.

Incapable de s'endormir, Jean repensait à la soirée. Trent était cool, mais Jean savait bien que ça ne pourrait durer longtemps. Il faudrait qu'ils reprennent la route bientôt. Il fallait ramener Carl chez lui… Un pet du vieux le réveilla complètement. Son odeur n'était pas encore arrivée jusqu'à lui, mais il pouvait craindre le pire. Carl se décomposait.

Jean essuya un peu de buée sur la vitre. En dessous du vieux pont de fer, les rues étaient luisantes. De la pluie, de la poussière d'asphalte, de la graisse de camion et du vieux carbone de tuyau d'échappement se mélangeaient pour former une pellicule lisse et glissante comme la glace en février sur la 132 dans le coin de L'île Verte. Des petites madames, qui n'avaient pas pensé à mettre leurs runnings pour sortir travailler, patinaient dans leurs petites sandales ou, pire, constataient la précarité du talon haut dans le matin huileux des anciens quartiers industriels de Brooklyn. Une brune avec son cordon de bourse enroulé autour de son bras passa tout près de l'auto. Jean se dit qu'elle était vraiment jolie. Sa main libre retenait mal un parapluie noir de mauvaise qualité au-dessus de sa tête.

Elle portait une jupe assez courte et elle ne souriait pas, mais alors là pas du tout. Tandis que tous les autres passants partaient probablement au travail, Jean crut qu'elle rentrait chez elle. Elle avait dans le regard quelque chose qui faisait croire au trompettiste qu'elle habitait là, tout près. C'était peut-être une artiste et comme elle ne pouvait pas vivre bien longtemps loin de ses toiles, Jean imaginait qu'elle avait besoin d'un job de nuit pour se payer un atelier, qu'elle y passait ses journées à peindre et à dormir en attendant de retourner au travail le soir, dans un bar peut-être. Elle donnait l'impression d'une fille à qui on fout la paix, d'une fille qui aime mieux être seule qu'entourée.

Jean eut soudainement très envie de sortir de la voiture et d'aller à sa rencontre. Il commençait à en avoir plein le cul d'être avec Carl tout le temps. Il était déprimé et la jolie brune lui plaisait beaucoup avec sa jupe courte, son parapluie cheap et ses lèvres sans sourire de peintre triste.

L'odeur du pet de Carl se rendit finalement jusqu'à lui et Jean sortit du Station aussi vite que possible, sans même prendre la peine de s'habiller tout à fait. Il eut le temps de voir la porte de l'immeuble se refermer lentement sur sa travailleuse de nuit, sur sa peintre de jour.

— Je respirais l'air sale et mouillé d'en dessous du Manhattan Bridge. Je pouvais voir le skyline tronqué de l'île et ça m'faisait encore tout drôle, même deux ans et demi plus tard. J'avais faim, j'avais la bouche pâteuse, j'avais les pieds pis les mains sales. Pis j'puais! Je r'gardais mon vieux Carl dormir comme un bébé pis j'enviais son sommeil... Dans l'fond, j'pense que je lui enviais pas mal de choses...

Plus rien ne semblait inquiéter Carl. Il avait renoncé depuis longtemps à la possibilité d'un avenir meilleur. Est-ce que c'est ça qu'on appelle le cynisme? Here and now... No future!... Un vrai punk... Tant qu'il avait de quoi se remplir le bras, le monde s'arrêtait de tourner. Le reste du temps, il dormait. Comme s'il était un peu mort déjà, comme si enfin son paradis arrivait. Soixante ans de galère : une hygiène de vie pas toujours exemplaire, la faim, le froid, les bibites dans des lits sales, des divans et des fonds de camionnette... Cet homme-là, le trompettiste le plus doux que Jean ait jamais entendu, dormait comme s'il était déjà mort. Et Jean l'emmenait au Paradis.

— Une semaine qu'on était partis d'Tampa. À trois fois par jour de la même histoire, ça faisait vingt et une fois au moins que j'entendais la sienne. L'histoire de fou d'une vie vécue dans des vaps d'alcool, avec pour seuls bras dans lesquels se lover les siens. Soixante ans de réveils la tête lourde de la veille, soixante ans à courir après des anges, à s'effacer d'la mémoire le naufrage de ses propres rêves.

Enlacé avec lui-même, Carl dormait, le sourire aux lèvres, béat et heureux.

Jean avait trente-cinq ans et il s'occupait d'un enfant de soixante-quatorze ans, un morveux qui vivait des mêmes illusions et des mêmes rêves depuis toujours. Un enfant qui avait tracé sa vie avec le crayon gras de ses lubies. Tous ces mondes inventés, ces délires vivaces qu'il avait toujours eu beau geler, qu'il avait eu beau essayer d'ensevelir, finissaient par repousser de printemps en printemps, par revenir sans cesse, tellement lumineux qu'ils étaient devenus sa seule réalité.

Jayne Mansfield, jeune actrice pleine de vie, de talent et d'espoir, et lui, jeune Leblanc pas encore tout à fait White, soufflant dans son horn avec la fougue de ses trente ans. Tout ce qu'il y avait d'amour en lui s'était réalisé dans l'image qu'il s'était faite de l'amour de cette femme.

La tête entre les seins de sa Madame Louise, il avait pleuré, pleuré et pleuré, toutes les nuits pendant dix ans. Et, sans cette histoire de cœur qu'il s'était forgée autour de l'image de Jayne, sa vie n'aurait plus jamais été possible après le 29 juin 1967. Il n'y aurait eu que le souvenir confus des siens pour qui tous ses rêves s'étaient déjà presque complètement évanouis.

Carl se repliait sur lui-même et il dormait tout le temps. S'il se réveillait, c'était pour avaler un fond de bouteille ou encore se freebaser un restant de smack. Depuis une semaine, s'il n'avait pas dormi dix-huit heures par jour, il n'avait pas dormi du tout. Il se réveillait affamé et demandait tout de suite à Jean ce qu'on mangeait.

Il mettait le jeune trompettiste à l'épreuve de sa propre adolescence.

— Carl dormait. Son histoire se terminait. Carl s'en r'tournait che zeu. Carl était à l'envers de sa vie, pis moi, j'me r'trouvais à m'occuper d'un ado de soixante-quatorze ans. Viens, mon Charlot, on va aller chercher à manger. Y nous reste un gros dix piasses. On devrait être bons pour se la remplir. Après, on s'arrangera pour se trouver un peu d'argent pour boire. Viens, mon Carl, on va s'nourrir un ti-peu.

On dit que chaque génération connaît à vingt ans un événement qui la marque à jamais et qui lui permet de comprendre et d'accomplir le départ de la génération qui la précédait. Notre génération n'a rien connu d'assez marquant. Pour Carl, le monde s'est arrêté avant la fin de la guerre en mai 1945, le jour où son père lui a demandé de quitter son village et de ne revenir que s'il avait de l'argent. Carl est parti et ne s'est simplement jamais arrêté. Pour survivre, il s'est lui-même retiré du monde pour se créer un univers qui lui allait, composé de tout ce dont il avait toujours rêvé.

En bougeant continuellement, on évite que les gens en viennent à nous décevoir. Jacques Brel disait qu'à dix-sept ans un homme a déjà rêvé tous ses rêves et que tout ce qu'il lui reste à faire dès lors, c'est de tenter de les réaliser. Le problème, c'est qu'on comprend ça à quarante ans. À dix-sept ans, Carl rêvait de parcourir les routes des États-Unis, avec du fric plein ses poches, de belles filles à son bras, tout ça en buvant autant que possible. Et Carl s'était arrangé pour que toute sa vie se passe comme ça. À bout d'âge, il parcourait encore les routes en vivant comme un riche. Il a toujours eu des filles autant qu'il en a voulu, tant et aussi longtemps qu'il pouvait payer à boire, tant et aussi longtemps qu'il était encore capable de bander.

Jean était debout dans la pluie sale du dessous du Manhattan Bridge. Il avait les yeux rivés sur cette petite porte noire derrière laquelle la femme de sa vie venait peut-être de disparaître à jamais.

Chapitre 18

(tiré de www.jaynemansfield.com/bio)

*J*ayne and Mickey's relationship had become strained. They decided to divorce in August 1964, but always remained good friends.

In 1967, Jayne's life was still moving at full speed. « I will never be satisfied, » she said in an interview. « Life is one constant search for betterment for me. » Her time was split between a Southern nightclub tour and the production of « Single Room, Furnished, » a drama that would become her last film. « Furnished » was directed by Matt Cimber, who Jayne met on the set of « Bus Stop » and later married. On June 29, Jayne was riding in front with Ronnie Harrison and lawyer Sam Brody on the way from a Mississippi nightclub engagement. Her children, Mickey Jr., Zoltan and Mariska sat in the back. As they rounded a curve on a dark stretch of road, the car slammed into a slowed semi. Though the children survived with minor injuries, everyone sitting in the front was killed instantly.

The world was stunned. Jayne's personality was so vibrant, her career so vivacious, that it was impossible to believe she was gone. At 34, she had already earned a special place in the hearts of millions, and with her death came a deep void that will never be filled.

— Pendant que toutt ça s'passa, c'que parsonne a jama dit, c'éta que moé j'attenda ma Jayne dans un motel du Mississippi. J'advança toutes ses tournées ! Pis j'arrangea mon timing pour me faire prendre in le house band du club ousqua joua ! Dès qu'a pouva, ma belle Jayne s'en m'na m'wèr… Pis c'te vingt-neuf de d'june-là, a v'na d'toutt dire l'histoire à son mari. Pis just avant l'crash, moé, chu sûr qu'a y'a dit qu'a s'en m'nait hec moé.

A l'éta ma love à moé quand qu'a l'est morte…

J'ava fait sawèr à Madame Louise qu'a pouva m'oublier pour de good. Jayne est morte le soir même qu'la vieille bitch de goddam de witch a reçu ma lettre… Deux jours après, quand que j'éta t'encore en train d'chesser les last tears de mon corps dans l'tissu d'la belle robe rose de Jayne, Madame Louise, a l'est rentrée dans mon motel avec toutt ses grigris, pis des amis à elle pis a l'a chanté trois, quatre lwa en plus de t'ça. A m'a ramassé là pis a m'a ramené dans son manoir…

Chapitre 19

Un matin, lendemain de party peut-être un peu plus dur que les autres, à peine réveillé, une peur envahit soudain Jean. Il eut l'impression qu'on l'avait frappé dans le ventre pendant son sommeil. Il avait peur, vraiment, que Carl ne vive plus assez longtemps pour revoir *St. Louis d'Gaspe Peninsula*. Il y avait un nœud dans son sternum et tout d'un coup, snap! réveillé sec comme d'un cauchemar, il s'assit derrière le volant, démarra le Station et sortit de New York rien que sur une gosse.

Sur le Highway 87, la tension disparut aussi sec qu'elle était venue. Le soleil chauffait la route depuis le matin et, content de rouler, Jean avait un sourire lumineux qui lui barrait le visage. La vie était belle. Carl était joyeux. Ils avaient trouvé assez de smack la veille pour se rendre à la frontière. À Montréal, on verrait.

Dans le bout de Saratoga Springs, de gros nuages noirs se mirent à remplir l'horizon de tous les côtés. Les joints et les drinks s'enchaînaient depuis le matin, comme au lendemain de leur départ de Louisiane. Les rayons qui se frayaient un chemin entre les grosses formations nuageuses aveuglaient Jean un peu. Il avait les yeux encore plus petits que d'habitude en regardant en avant, droit devant, nulle part ailleurs qu'en avant. Rien n'avait jamais de sens que le moment présent, l'instant même. Il ne questionnait pas ses décisions, ses bons coups ou ses erreurs. Jean vivait. Un peu comme Carl l'avait fait quarante ans avant.

Aujourd'hui, Carl avait le regard perdu sur le côté. La route à venir avait de moins en moins d'importance à ses yeux. Mais c'est peut-être dire n'importe quoi que de dire cela. Depuis une petite semaine, il lui arrivait souvent de se demander comment les choses auraient pu se passer s'il avait eu la chance de rencontrer Jean dix ans plus tôt.

Il n'aurait probablement même pas été capable de le voir...

Carl était dans un beau jour. Sa chevelure blanche et un peu grasse était secouée par les attaques d'un vent étonnamment chaud pour un mois de mai. Il avait les yeux plissés, mais c'était pour éviter les poussières. Ils roulaient toutes vitres ouvertes. Carl avait toujours détesté l'air climatisé, peut-être parce qu'il avait tellement gelé dans son enfance qu'il ne pouvait plus supporter de ne pas crever de chaud.

La veille, la soirée avait été bonne. Trent les avait emmenés dans une fête privée chez un designer de pub qui avait fait un gros paquet de fric pendant le crash des start ups. Il leur avait raconté, alors qu'ils fumaient un joint sur le toit de l'immeuble en regardant là où avaient jadis été les deux tours, qu'il organisait des soirées comme celle-là au moins une ou deux fois par année. Il leur avait donné deux cents dollars chacun. Et les deux trompettistes avaient ramassé une bonne douzaine de bouteilles entamées que le riche designer ne voulait pas garder.

La radio beuglait un gros country extrêmement routier.

— On a beau dire c'qu'on voudra, le country, c'est dur de faire mieux comme musique de route.

— You bet.

— En as-tu déjà joué?

— For fun un ti-peu, mais jama pour de vra. Dans l'sud, quand tu t'tiens hec les brothers, tu joues pas vraiment l'country... T'es jazz or blues man. I guess que chu a big band man astheure, mon Ti-Jean. C'éta l'bebop, ma vraie affaire, mais din aut vie... ç'ta ça qu'ch'tais hot dedans, moé ! Pis c'est ça encore qu'à chaque fois que j'l'écoute ça m'fa shaker !...

— S'te plaît, appelle-moé pas Ti-Jean... J'aime pas ça... Moi, juste après l'reggae, ça pourrait être le country que j'aimerais jouer.

— Yeah sure... Toé pis ton horn right up my Mariachi ! Shit...

— Fuck you stie...

Il riaient tous les deux en plissant les yeux. Ils se mirent à accompagner la radio pendant le refrain.

Jean continuait de regarder devant et Carl ne lâchait pas le champ qui longeait l'autoroute.

Around me many are building
Homes of beauty and wealth
But what of a home in Heaven
Where will you live after death.

CHORUS :
Are you building a Home in Heaven
To live in when this life is o'er
Will you move to that beautiful city
And live with Christ ever more.

Long is the road that leads you
To that beautiful home up there
Is work on your home completed
Death may be lingering near.

Are you ready for his coming
Have you been true all along
Have you finished your building in glory
Will you move to this heavenly home. [1]

Ils éclatèrent tous les deux d'un grand rire sonore. Il y eut une quinte de toux. Puis une autre. Et un petit rire niaiseux. Carl étira douloureusement le bras vers le siège arrière.

— Wanna sip?

— Ké.

— Tequila? Vodka? Cé ça que j'reach d'icitte!

— Tequila!

— Pis on a le 7up pour faire des fizz!

— Oui mais...

— Quoi?

— On a pas d'verre...

— Don't worry, man. Stop the car.

Jean rangea le Station sur l'accotement. Carl déboucha les deux bouteilles. Il passa la tequila au jeune.

— Prends-toi une sip de tequila pis garde-la dans ta bouche... Astheure, prends une sip de 7up pis garde-la dans ta bouche avec le tequila! Good... Astheure, avale juste quand j'dis go.

Carl mit une main de chaque côté de la tête de Jean en lui bouchant les oreilles et il commença à la brasser tranquillement de tous les côtés, de gauche à droite et de haut en bas. Jean comprit tout de suite le principe et se laissa faire complètement, en pleine confiance. La tequila et le 7up se mélangeaient, et les vapeurs d'alcool s'intégraient aux bulles de CO_2. Carl lâcha la tête de Jean :

---

1. *HOME IN HEAVEN*, Hank Williams, enregistré par Hank Williams Sr. et Audrey Williams. Écrit par Hank Williams Sr.

— Go !

Et, au moment d'avaler, Carl frappa Jean sur le front de la paume de sa main. Juste assez fort. Jean eut l'impression que ses yeux allaient sortir de leurs orbites.

— Yes ! Des tequila fizz pas d'verre !

Ils en avalèrent trois chacun de cette manière-là puis reprirent la route. Carl attrapa une bouteille de vodka.

— To home !

Il en but une longue gorgée puis passa la bouteille à Jean.

Jean mit la bouteille de vodka entre ses cuisses et continua de fixer la route.

— R'garde comme c'est noir autour. Ça va tomber talheure... On est dans la dernière patch de lumière...

— On est enlighted !

— Ya, man !

Jean porta un toast et, à ce moment-là précisément, le pneu avant gauche éclata. Jean lâcha la bouteille. Elle roula par terre en se vidant presque complètement entre ses pieds. Il essaya de reprendre le contrôle de la voiture tant bien que mal. Carl hurlait, hystérique :

— Fuck ! Fuck, tu perds toute la boose ! Fuck, qu'est-ce tu fa, man !

Une ou deux embardées plus tard, la voiture s'immobilisa finalement sur l'accotement. Carl rattrapa la bouteille et ce qui restait de vodka dedans.

— Qu'est-ce tu fa !? The shit with you ! T'es fou, *christ* !!!

— On a un flat...

— What !?

— Un flat tire. Le pneu, yé pété !

— Fuck !

— Tu peux l'dire, mon Léon... As-tu un spare au moins ?!

— Shit ! J'espère... Fuck ! But where...

Jean descendit de voiture, Carl sur ses talons, un peu piteux, espérant visiblement que son jeune ami trouve une roue quelque part. Jean soulevait déjà le tapis et, sous une couche de poussière épouvantable, yes...

Jean s'arracha les doigts sur le boulon rouillé tandis qu'autour d'eux la ceinture de nuages se resserrait. Les derniers rayons du soleil disparurent, et ils entendirent de grosses gouttes s'écraser sur la route, devant et derrière eux. C'était comme si un ange les épargnait de l'ondée.

Quand Jean en eut fini du boulon, il sortit le cric et constata que lui aussi était complètement rouillé. Il s'acharna et s'écorcha encore quelques doigts à essayer de tourner la manivelle pour décoincer la vis sans fin. De la sueur perlait à son front. Carl, lui, buvait, à même ce qu'il avait réussi à récupérer de la bouteille de vodka renversée aux pieds de Jean. Il prenait un air vaguement piteux quand le regard en colère de son ami croisait le sien. Les nuages approchaient de plus en plus rapidement et des gouttes froides commençaient déjà à éclabousser la voiture, comme si l'ange n'arrivait plus à contenir le mouvement des nuages. Carl semblait avoir attrapé la danse de Saint-Guy.

— C'tu bin obligé qu'on s'mouille toutt les deux?!

— Ah mon ostie. You bet qu'on va s'faire mouiller toué deux! J'peux pas croire qu'y a pas... Va m'chercher le gage à l'huile en avant.

— Le quoi?

— The oil gage.

— Le what?

— Tabarnak.

— That I know!

— Tasse-toé...

La pluie tombait maintenant vraiment fort et les deux étaient déjà détrempés. Jean prit de l'huile sur ses doigts au bout de la jauge et, goutte à goutte, sous le capot ouvert de la voiture, il lubrifia le cric rouillé.

— Fuck it! I'll die si j'mouille plus que ça!

Carl retourna dans la voiture et rouvrit la bouteille de tequila. Il en avala une longue traite et grimpa ensuite sur le dossier du siège pour en attraper une autre, de Four Roses celle-là. Quand Jean claqua le capot, Carl lui montra la bouteille. Jean entra dans la voiture, dégoulinant, le cric huileux entre les mains. Il arracha le bourbon des mains du vieux et en vida presque la moitié d'un coup.

— Va chier, man. J't'haïs...

— Relaxe, Ti-Jean! Pourquoi s'tu rush? On est bin icitte! Attends qu'la pluie stoppe! On a toutt des bons affaires à boire! Qu'est-ce tu veux d'plus!?

— Un lit, un lunch, une femme pis APPELLE-MOI PAS TI-JEAN, J'T'AI DIT, TABARNAK!

— T'avais juste à partir avec la vieille sul bateau...

— Va chier.

Jean testa le cric qui, sans vraiment bien fonctionner, se déployait déjà un peu mieux que tout à l'heure.

— J'donnerais cher pour un fond d'canne d'huile...

— How much?

— ...

Carl se pencha en dessous du siège du chauffeur et en sortit une pinte d'huile à moteur presque pleine.

— Just à d'mander!

— Quoi!? T'es vraiment un tabarnak, toé! Tu voyais bin que j'me faisais chier...

— T'as rien d'mandé!

— Va chier!

Carl avala une grosse lampée de bourbon sans quitter Jean des yeux. Ce dernier lui arracha la pinte d'huile des mains et sortit de la voiture.

La pluie tombait encore très très lourdement.

Carl, un peu saoul quand même, sentit monter l'auto sous lui et sourit. Il avait le même air de vieille sorcière que lorsqu'il jouait de la trompette. Jean changea la roue et Carl baissa son siège comme s'il s'apprêtait à faire la sieste. Jean lança le vieux pneu dans le coffre, par-dessus les vêtements sales éparpillés, puis revint s'installer au volant. La pluie venait à peine de cesser de tomber. La route était encore luisante.

— You see! T'auras dû juste attendre un ti-peu...

— Va chier, tabarnak.

Jean conduisit comme un enragé le reste de la journée, pendant que Carl dormait, un sourire aux lèvres, heureux comme un bébé.

Chapitre 20

C'était encore mai dehors, mais le soleil tapait comme en juillet. Les lilas étaient en fleur partout dans Montréal et Jean avait garé la voiture juste en face du Bily Kun. Carl, toujours couché derrière, tremblait en essayant de dormir.

Jean était heureux de se retrouver dans la splendeur printanière de sa ville. Il laissait couler son regard sur les filles qui déambulaient nonchalamment dans l'avenue du Mont-Royal tout en essayant de joindre quelques-uns de ses amis à partir de la cabine téléphonique du bar branché. Comme il faisait doux dehors et que la plupart devaient en profiter, il se contenta de laisser des messages, tous plus ou moins semblables, qui annonçaient son retour et qui disaient qu'il rappellerait.

Malgré le soleil et les filles éclatantes qui passaient devant lui, Jean n'arrivait pas à se sentir tout à fait serein. Il regardait Carl souffrir, ramassé en boule en travers du linge sale, des bouteilles vides et du pneu crevé qu'il n'avait même pas pris la peine de ranger à sa place. Il ne put s'empêcher de se répéter que tout serait bientôt terminé.

Il poussa un profond soupir et décida d'essayer de nouveau le numéro du studio de Dubré. Jean avait besoin de Dubré. Il savait qu'il pourrait encore compter sur son vieux confrère de tous les instants. La boîte vocale s'était mise en marche dès la première sonnerie tout à l'heure, Jean savait donc que

quelqu'un était déjà en train de faire un appel… À la seconde
tentative, le musicien répondit. Jean lui raconta sa saison sur
le bateau, puis brièvement son voyage de retour. Mais il parla
surtout de Carl…

— C'est un ostie de cas! Une légende… Le genre de gars
qu'on voit juste din films… C'te vieux-là, man, c'est un
roman d'aventures à lui tout seul… Y raconte des histoires,
tu chierais dans tes culottes! Ça arrête pas… Pis c'qui raconte
pas, tu devines que c'est encore plus délirant! Des fois, j'ai
carrément l'impression que j'vis dans une grosse crisse d'hal-
lucination… Pis y blow, man! comme c'est pas permis… Tu
peux même pas imaginer ça… Du studio? Bin sûr qu'on peut
essayer quek takes! Demain? Qu'est-ce tu nous proposes en
échange?… Bin une couple de gigs payées, ça pourrait aider.
Y nous reste un peu d'cash de not dernière gig à New York,
mais mettons qu'on est un ti-peu serrés… Weille don… Yes!
Cool! Vendredi? Au Lion? Cinquante piasses chaque, c'est
bon ça… Ouin, je l'ramène dans son village pis après ça je
r'viens… Ouin… Pas d'trouble… Astheure, question délicate…
Mon ami Carl, quand tu le r'gardes vite, y peut avoir quek
chose qui pourrait ressembler à William Burroughs… C'est
dur à croire c'que j'vas t'dire là, mais bon, moi je l'crois : y dit
qu'y a commencé à s'shooter avec Burroughs pis Kerouac, pis
Herbert Hunky, pis toutt le reste de la gang des beat dinz
années quarante… Quoi?… non… C'est p'têt d'la bullshit,
mais j'm'en câlisse… C'est en plein ça! Y s'shoote encore…
Bin oui, qu'est-ce tu veux… Bin sûr que ça s'peut! J't'ex-
plique même pas comment y nous ont fouillés à frontière…
Y'ont vidé le char au grand complet pis y nous ont fait vider
toutt nos bagages… Non pas dans l'cul quand même… Man,
les chiens capotaient! C'te Station-là, c't'un 84. Dis-toi qu'en
vingt ans, yé probablement passé plus de dope dans l'tapis de

c'bazou-là qui t'en passera jamais dans l'corps en entier, mon gros… Le char suinte le smack pis l'weed… Ben non, on n'a pas essayé de passer la frontière avec du stock! Es-tu malade? On s'est débarrassés de tout c'qui nous restait à peu près une heure avant d'passer. Mon vieux s'est gardé un hit, y l'a fait cinq minutes avant d'arriver à Lacolle… Quand on est passés, évidemment qu'y nous ont d'mandé de s'tasser. Tu peux pas t'imaginer à quel point j'espérais que Carl m'avait pas niaisé. Eille le vieux, pendant tout l'temps qu'les chiens v'naient fous, y s'roulait à terre… Oui oui, dret à terre! Crisse… Y nous ont gardés trois heures… Sauf que plus ça allait, moins le hit de Carl faisait effet… Mon vieux chum trouvait ça de moins en moins drôle… Pis les douaniers, eux autres, y trouvaient ça de plus en plus comique… J'te dis, trois heures. Quand y'ont eu fini, Carl shakait comme une feuille, pis toutt not stock était répandu à terre. Le chef m'a dit: «Dégagez d'icitte… Pis ton vieux, là… ça pas d'allure, fais quek chose… Ça pas d'crisse d'allure…» OK, man, tu vas m'trouver rock'n'roll là, pis j'sais que tu touches pas à ça, mais y faut qu'j'y trouve d'la dope!… Non non, tabarnak! lâche-moé *Les Invasions barbares*. Carl, y s'shootait bin avant d'tomber malade. Pis à part de t'ça, yé pas malade, yé juste vieux, ciboire. Tant qu'y'a sa poudre, yé tripant. Pis j'te l'dis, t'as jamais entendu un son d'trompette de même…

Dubré lui donna le numéro d'un musicien junkie qu'il connaissait.

— Il se fait appeler Boogie.

Jean raccrocha. De jolies filles venaient d'entrer au Bily Kun et il leur lança quelques sourires.

Dans le Station, Carl gémissait doucement. C'était vrai qu'il faisait chaud. Les vitres étaient ouvertes, mais le temps était mort. Les petits rideaux usés, qui ne cachaient plus vraiment grand-chose, ne bougeaient pas du tout. Carl tremblait de tous ses membres. Il avait les yeux fermés et un pli profond lui barrait le front.

Jean souriait aux filles qui s'étaient installées près de la fenêtre. Leurs cuisses, déjà dorées, se trouvaient juste à la hauteur de ses yeux. Les filles, polies, lui rendirent son sourire. Carl gémit un peu plus fort dans la voiture et Jean retourna au téléphone pour composer le numéro de Boogie. C'était presque gênant. Il se dégageait une sale odeur du vieux Station. Un mélange de fond de tonne, de vieillesse et de plus de deux semaines sans vraiment se laver. En tout cas, sans laver le linge. Il y en avait des tas tout autour de la carcasse du vieux Carl, avec le pneu crevé, le cric pas rangé, la pinte d'huile et les corps morts de bouteilles du designer de pub.

Les lambeaux de rideaux interdisaient encore les regards les moins discrets, mais quand Carl grognait ou gémissait, il attirait inévitablement l'attention. Jean avait un peu honte parce que les filles étaient mignonnes. Il eut une pensée pour la petite peintre de Brooklyn…

Depuis leur départ, il ne lui était pas arrivé une seule fois de sentir qu'on le jugeait. Au contraire, il avait eu l'impression que les gens posaient sur lui un regard plutôt compatissant. Sauf que, depuis qu'ils étaient au Québec, il avait l'impression qu'on le regardait de travers. Peut-être est-il mieux vu de laisser pourrir ses vieux dans des résidences bien gardées que dans le coffre d'une voiture immatriculée en Louisiane.

Boogie donna rendez-vous à Jean au Central, sur la petite terrasse en arrière.

— J'm'en vas dix minutes, mon Carl. Bouge pas, fais rien, tiens ça mort. Je r'viens…

Jean revint moins vite que prévu. Il marchait en souriant sur le petit bout de trottoir entre Saint-Denis et le Bily Kun avec en poche l'équivalent de cinq hits pour Carl.

Le dealer de pot de la place se trouvait être une vieille connaissance. En vrai fan de reggae (et en bon commerçant aussi), il ne se promenait jamais sans son badge Highway 420 sur le revers de la chemise. Jean avait bu un verre avec lui, puis fumé une grosse pof de hasch noir, pour enfin lui acheter de quoi fumer quelques jours. Boogie ne s'était pas éternisé. Une fois son deal fait, il avait levé le camp. Tant mieux. Jean n'avait pas eu le meilleur des feelings. Restait simplement à espérer qu'il ne se soit pas fait passer de la merde.

Jean marchait en sifflotant sur Mont-Royal, heureux d'avoir ce qu'il fallait pour calmer les douleurs de Carl et aussi parce qu'il avait un peu hâte de revoir les cuisses des filles. En arrivant à la hauteur de la voiture, il vit qu'il y avait trois bellâtres, coiffés comme Yan Perreau, la camisole laissant bien voir leurs tatouages qui n'avaient même pas l'air de vrais, assis avec les filles. Les trois portaient des bijoux soit à l'aile du nez ou aux sourcils... Quand il s'approcha, les filles ne le regardèrent même pas.

Carl n'était plus dans la voiture.

— Fuck... Tabarnak.

La plus jolie des trois filles l'interpella.

— Tu cherches ton monsieur ?

— Oui.

— Il est parti il y a dix minutes... Il a voulu aller aux toilettes... Le barman l'a sorti. J'pense qu'il est... en face.

En face, c'était la Binerie Mont-Royal.

— Merci.

Chapitre 21

— I know c'te place icitte… J'a v'nu avant! Pis c'ta pareil qu'astheure pis qu'en même temps… so different. Jerry yé pareil que back then… Icitte, mon Jean, c'est le meilleur pâté chinois de toutt le whole fucken world!!… but *christ*, j'ai pas faim… Du pâté chinois, d'la tourtiére, des bines, des oreilles de *christ*… Eille, j'pensa qu'ça exista même pu c't'es affaires-là! Pis r'garde, toutt est écrit en frança! J'pensa pas que j'pourra lire ça encore!

Carl était assis au comptoir, courbé et endolori, mais affichant malgré tout un air heureux et souriant. Il était un peu tremblant, mais le bonheur avait l'air de calmer un peu de ses souffrances.

— On va revenir, mon Carl. Viens, j'ai ton médicament. Merci, monsieur.

— Marci, mon Jerry. See ya…

~

Jean conduisait le Station en suivant les indications de Carl qui redécouvrait Montréal. La ville avait tellement changé que ses souvenirs épars ne s'accordaient pas toujours avec ce qu'il voyait.

— Vas-y down dans l'Chinatown. J'veux t'montrer ma smokerie… Oui m'sieur. Le place que j'a fumé ma première tite ball d'opium. De la Gauchetière Street. Le one sixty-nine! Comme un centaine de sixty-nine… Wou hou! J'a été pas là since such a longtemps que chu toutt…! Hey, quessé fuck?!…. Je r'conna pu rien nothing dans l'bout icitte *christ*! Fuck… Si c't'une place que j'connaissa, c'est pu rien pantoute anymore comme c'éta, ça, c'est for fucken sure!… De la Gauchetière Street… Y'avait des smoke houses à toutt les deux portes icitte. I guess le monde a décidé que manger c'ta mieux que d'fumer d'la boulette!

Ils arrivèrent devant ce qui avait dû être le cent soixante-neuf de la Gauchetière. C'était maintenant un terrain vague en face d'un parking payant. Carl descendit de voiture et fit quelques pas là où la maison avait été. Il s'assit sur un bloc de béton, l'air un peu triste.

— C'ta dret icitte!… Le numéro d'porte, c'ta cent soixante-neuf! Eille toé, t'aura adoré c'te place-là back then, ça, c'est sûr… Des chicks pis d'la dope pis d'la music toutes les nuittes some party qu'on s'*driva* icitte avec les darlings du pére Ming! C'ta t'un Chinois qui *rida* c'te tite place-là. Y nous faisa fumer dans sa basement, y nous faisa boire au first floor pis, des fois, on ava l'droit d'aller avec les filles din chambres au top! Au ciel, dret là tout en haut ready to shake our bells!

J'ai fini toutt mes nuites dret icitte pour deux ans. On sauta comme des lièvres dène sapinière d'un club dans l'autre qui faisa jouer des musicians. Des fois, j'pouva faire trois quatre clubs du souper jusqu'à farmeture à trois pis quatre heures dans nuite. Là, on s'r'trouva une tite gang de musicians pis, souvent, c'est icitte qu'on m'na. Dret icitte où c'qui a pu d'maison. Chez Ming… J'sais bin pas c'qui est rendu, mon vieux Ming, si sa maison est morte…

Les musiciens disaient qu'ils jouaient pour les derniers clients, mais tout le monde savait que c'était leur sérénade pour les filles. Venait toujours le moment où Ming offrait une petite pipée. Généralement, quand il faisait fumer les musiciens, il s'amusait à prétendre ne pas comprendre la nuance entre pipée et pipe.

— Si on y demanda une pipée, y pouva bin faire signe de monter avec une fille… Des fois j'monta en haut pis j'éta bin qu'trop wasted. Fa que j'dorma. Ming me réveilla le lendemain midi, y m'donna du thé, pis là j'm'en alla ailleurs… Y'en ava des affaires à faire dans c'temps-là.

J'ai spendé cher che zeu, les Yankees!!! Astheure, je l'sais que j'aura jama dû lâcher ça icitte. Même si c'est pu pareil pantoute qu'avant. Si j'éta resté icitte, p't-être que moé tou j's'ra pu pareil qu'avant…

La dope de Boogie était bonne, finalement. Presque aussi bonne que dans le bon vieux temps de Carl. Bon goût, bon buzz. Good good good… Carl aurait bien voulu se la shooter, mais il n'y arrivait plus depuis quelques jours.

— J'fesse pu la veine! J'tremble too much!! Mon Ti-Jean pourra m'faire ça, mais j'peux pas y d'mander ça… Pas capab. Mon bon Ti-Jean. Mon bon joueux de trompette pour après pour Jayne…

Chapitre 22

Debout près du bar du Lion, Jean portait toast par-dessus toast avec Manu, l'homme au regard allumé qui avait le mot « fête » tatoué à l'encre fluorescente en plein milieu du front. Certains jours, ça clignotait.

Jean regardait Carl qui, comme un enfant qui aurait tout juste découvert la Ronde, n'en revenait pas de retrouver, malgré tous les changements survenus depuis la dernière fois qu'il était passé là, un lieu qu'il reconnaissait, un endroit qu'il avait fréquenté. C'étaient des traces infimes, mais elles lui rappelaient tout du meilleur de sa grande vie. Des traces d'un temps qu'il avait connu, mais aussi, conséquence inévitable, des traces qui le ramenaient à sa propre misère.

Le Lion était presque aussi vieux que Carl. S'il survivait tant bien que mal, le trompettiste voyait dans son retour là un rappel un peu douloureux de sa fin imminente. Carl se souvenait du Lion d'Or comme s'il y avait joué la veille. Il avait dans le regard une lumière qui le rendait attendrissant. C'était beau de le voir, prêt à remonter sur scène, prêt à faire résonner la place avec sa vieille trompette.

Ils avaient passé les trois derniers jours en studio avec Dubré. À eux deux, ils formaient une section de cuivres comme le dubman en avait rarement entendu. Ils avaient enregistré des pistes à faire rêver. En échange et pour les remercier,

Dubré les avait embauchés pour deux contrats plus payants que prévu. Ils allaient pouvoir reprendre la route le lendemain vers St. Louis, avec assez d'argent pour ne plus devoir s'arrêter.

En regardant Carl, Jean repensa qu'il en restait de moins en moins longtemps à son ami.

Demain, direction la Gaspésie.

Chapitre 23

Le jour n'était même pas encore levé quand Jean reprit la route. Après avoir soufflé tout ce qu'il lui restait d'air la veille, Carl s'était endormi dans le petit salon juste au-dessus du bar du Lion. Manu l'avait emmené là pour que le vieux puisse se reposer un peu tandis que Jean avait continué de jouer avec ses amis. Mentalement, Jean poussait chacune de ses notes en direction de la lucarne au-dessus du bar, par laquelle Carl aurait pu voir le spectacle s'il avait eu encore assez force pour se tenir sur ses jambes ou simplement assis.

S'il ne l'avait pas vu, Carl avait très bien entendu Jean qui avait joué comme un chaman en transe. Dans l'esprit du vieux, de plus en plus confus, c'était comme s'il s'était entendu lui-même, quand les recettes de Madame Louise faisaient de lui un demi-dieu et que ses poumons pouvaient faire craquer les soudures de sa trompette et lui donner ce son si pur.

Avant de sombrer dans un semi-coma, il eut l'impression que Jean était visité par un démon venu là pour l'achever avec les terribles vibrations de sa trompette magique.

À la fermeture du club, quand tout le monde eut fini de sortir ses instruments et après avoir bu le petit dernier pour la route, Manu et Jean réussirent, à deux, à descendre Carl par l'escalier en colimaçon et à le coucher dans le fond du

Station. Le vieux n'avait eu conscience de rien, son esprit était presque déjà arrivé à *St. Louis*. Peut-être dansait-il déjà dans la rue en face de l'hôtel.

Jean voulut dormir là, dans le parking, mais Manu pensait qu'ils pourraient se faire embêter, par les flics ou par les bandes de petits cons qui rôdaient souvent dans le quartier avec rien de mieux à faire que de défoncer des chars. Jean décida de sortir de la ville et de rouler jusqu'à ce qu'il trouve une halte routière où il pourrait roupiller quelques heures.

Le soleil se leva devant lui, en pleine face comme un follow spot sur une scène. Jean avait passé la nuit à fumer des joints cinquante-cinquante coke et pot, et il avait tiré sur toutes les grosses lignes que ses amis lui avaient offertes. Il avait bu des kamikazes un après l'autre et le soleil qui lui tapait maintenant dans le fond de la rétine lui faisait l'effet d'une lampée de peroxyde sur une plaie. Il avait l'impression qu'il ne serait jamais plus le même une fois que tout ça serait fini. Il avait promis de ramener Carl dans son village et il le ramènerait. Sauf qu'il commençait à avoir un peu peur que Carl ne crève avant. Il se sentait poussé au cul par le destin. Carl lui avait donné la responsabilité de le conduire chez lui et il voulait être à la hauteur de ce privilège-là.

Ce matin-là, la drogue et l'alcool lui fournissaient le courage de ses ambitions, lui donnaient la force d'avancer. Il riait du sommeil. Il endurait la douleur de la lumière qui pénétrait dans son crâne. Son cerveau imbibé enflait. Il était comme un athlète qui jouit en souffrant d'un entraînement trop exigeant. Jean avait peur d'exploser. Il roulait envers et contre la fatalité, contre le temps. Il luttait contre sa propre mort en portant son ami à la sienne.

Quand il passa Québec, déjà le soleil était haut et brillant. Comme la lumière l'avait finalement rempli de fougue et d'ardeur, il lui semblait qu'il ne pourrait plus jamais ralentir. Il approchait enfin et, une fois passées la platitude et la laideur de la 20 entre Montréal et Québec, il savait que la beauté et la grandeur du fleuve lui donneraient tout le courage nécessaire pour continuer.

Il quitta l'autoroute à Lévis. Il avait envie de se laisser couler près de l'eau, le long de cette grande gueule ouverte sur le monde, avec la Gaspésie pour lèvre inférieure, la Côte-Nord et le Nord du Québec pour crâne. Il pensa que l'île d'Orléans pouvait être la langue de ce paysage en forme de tête pleine de rêves. Et lui, il était un cri qui poussait pour sortir de cette gorge étranglée, de cette bouche de monstre en train de hurler. Il se sentait comme un filet de bave qui coule sur une lèvre, une goutte de trop d'une humanité qui ne se reconnaît plus, qui ne sait même pas où elle habite et que ni ange ni démon ne vient guider, orienter ou aider.

Jean se libérait de lui-même. Il fonçait comme un taureau allumé, le sommeil lui apparaissant d'une futilité extraordinaire. Carl dormait pour deux…

Pendant un instant, il eut envie d'arrêter chez sa mère qui vivait maintenant à L'île Verte. Il ralentit un peu en passant en face de sa maison, mais décida de poursuivre son chemin. Son allure, et surtout celle de Carl, aurait pu inquiéter sa maman. Il s'arrêterait au retour, seul…

Chapitre 24

Carl se réveilla une première fois un peu avant d'arriver à Trois-Pistoles. Jean entra dans le village, totalement surexcité. Il força Carl à se lever et à le suivre sur le quai.

La courte marche, à peine quelques pas, parut longue à Carl qui avait du «leakage dans les tripes de ses vieux *tires*». Son air sifflait et il suait tant qu'il en avait la chemise collée au dos. Ses lunettes glissaient sur son nez et un nerf sautait dans sa joue. Il avait la peau de plus en plus grise. La dope allait encore manquer : ses doses avaient considérablement augmenté ces derniers jours. Carl perdait le contrôle. Il avait besoin de dope, de vraie dope à douleur, de gros smack.

Jean connaissait bien un médecin ici, mais il n'y avait personne à la vieille maison du docteur quand il passa devant. Il lui fallait trouver. Aujourd'hui.

Jean aida Carl à poser ses fesses sur une bitte d'amarrage du quai de Trois-Pistoles. Le vieux traversier était encore assis dans la boue et Jean se rappela toutes ces journées d'hiver passées à beugler dans le vieux cuivre de son grand-père.

Carl regardait ça et il avait chaud. Il avait envie de dormir. Il avait mal partout. Il aurait préférer continuer de rouler, même s'il comprenait l'excitation de Jean. Le jeune revenait lui aussi sur les lieux de son enfance.

Carl regarda Jean s'approcher du bateau, puis monter à bord comme dans les films de pirates ou de James Bond, en grimpant par l'amarre.

Mais Carl n'en avait pas grand-chose à faire.

— Batinse… Plus qu'on r'monte dans l'nord, plus qu'y fa chaud. Le monde est r'viré d'bord. Quand on alla à' beach à Carleton, toute la famille la fin de semaine de la *confederation*, *christ* qui faisait chaud! L'pére nous embarqua toute la gang dans son pick-up jaune, tcheuks p'tits voisins en plus, parce que tant qu'à awèr une *ride*, autant qu'a valle la peine. Je souviens, but ça pouva pas toujours être la *confederation*. Parce que ça se peut pas qu'y fasse chaud à toutes les *confederations*, ça s'peut pas. Mais dans ma tite tête de c'temps-là, la chaleur pis la plage à Carleton, c'tait une maniére de *christ* de *ride*. C'était some *confederation* anyway.

On prena l'tite trail, beding-bedang dans l'fond du pick-up, pis down à' beach les flos pis les flounes! J'prena mon horn, pis toutes ceuzes qui sava jouer d'tcheuk-chose, y l'prena hec eux aut itou! On joua des chansons d'Nouel pis ma mére a hurla : «Eille! Nouel, c'est dans six mois, jouez-nous donc d'la musique hawaïenne! Ou bin d'la musique de Nèg! Charles, mon beau Ti-Charles, joue-nous donc d'la belle musique de Nèg comme t'es capab, mon garçon!»

— Oh Carl, your lips are like those of a black man when you play like that…

— Et comment qu'a sont quand j'te kiss, my sweetheart baby Jayne?

— As sweet as a woman could have ever hope… mmmmm…

— Jayne ma Jayne. J'm'en viens ma Jayne, r'garde moi bin ma Jayne, icitte en face de l'île aux Basques.

Jean avait disparu dans le bateau et Carl retourna lentement à la voiture. Il ouvrit le hayon et sortit son késse de trompette. Il y ramassa la robe saumon.

— Viens danser, ma baby. Viens danser encore hec moé. Viens…

Dans les bras de Carl, la robe avait l'air d'un banc de saumons remontant une rivière. Elle était légère, aussi douce qu'une ligne tendue entre les doigts de l'enfance de Carl. Aujourd'hui, entre ses vieilles mains, la soie crissait un peu. Il passa son bras sous les bretelles de la robe, comme chaque fois que Jean était loin et comme chaque fois qu'il trouvait l'énergie de se lever.

Carl White n'arrivait vraiment à se tenir debout qu'en tenant la robe devant lui, son bras passé sous les bretelles, le regard fixé là où il aurait dû y avoir ses yeux à elle.

Depuis 1967, Carl voyait la belle Jayne quand il dansait avec sa robe, toujours. Elle se serrait contre lui et ils dansaient tendrement…

Quand Jean revint à la voiture au bout d'une heure, Carl était retourné se coucher en travers des vêtements sales et de la vieille roue. Jean reprit la route aussitôt, sans fermer l'œil une seule seconde. Sauf qu'une vingtaine de minutes plus tard, il faillit s'endormir en montant la grande côte juste avant d'arriver au Bic. Il roula encore un peu et, en passant devant le théâtre, il se souvint qu'il y était déjà venu, avec sa mère quand il était enfant, puis avec ses amis quand il avait une quinzaine d'années. Il se souviendrait toute sa vie de la pointe juste en face de l'île au Massacre. Ce lieu l'avait toujours fasciné et il eut envie de s'y arrêter. Mais Carl était à moitié comateux derrière et Jean décida plutôt de continuer jusqu'à Rimouski, question de trouver ce dont le vieux avait besoin. Quitte à revenir un peu plus tard.

Il se rendit directement à la pharmacie et acheta de la codéine en montant un baratin efficace et en faisant les yeux doux à la pharmacienne. Il promit de respecter la posologie : un comprimé aux quatre heures, au besoin, pas plus. Carl, que Jean était arrivé à réveiller, avait avalé le contenu de la boîte au complet entre deux gorgées de bière au bar juste à côté de la pharmacie. Ça l'avait calmé un peu, et ensuite ils avaient pu boire un verre plus tranquillement. Whisky pour Carl et Boréale blonde pour Jean.

À la deuxième bière, Jean était allé pisser et le petit nerveux qui se tordait sans arrêt le gratte-noune en les épiant l'avait suivi aux chiottes.

— Champi...

— Quoi ?

— Veux-tu des champignons ? Ou bin d'quoi à fumer ? C'comme tu veux. J'ai d'la poud aussi.

— D'la brune ?

— Tufoutoécrisse ? N'a pas de t'ça icitte... D'la blanche ?

— Non... Par contre tes mushs, c'est combien ?

— 7 le g, 45 le 7.

— 40.

— Go.

Chapitre 25

Jean longea lentement le terrain de golf par la petite route de gravier. Il passa en face des quelques jolies maisons qui étaient devenues des bed and breakfast et il gara la voiture devant la grève, juste en face de l'île.

Carl avait fait la vingtaine de kilomètres assis devant, mais il fallut que Jean l'aide à sortir du Station tellement ses jambes se dérobaient sous lui. Son état de santé se détériorait de manière fulgurante, comme si le mal qui le rongeait avait décidé d'en finir. Ils s'assirent tous les deux sur le capot du Station vert.

— C'est pu qu'une p'tite goddam de chaleur !

— En tournant talheure, j'ai eu l'impression qu'l'asphalte fondait en d'sous d'ton char, mon Carl.

— De ton char, Ti-Jean, de ton char astheure betôt…

Ils regardaient la mer monter et le petit vent frais leur faisait du bien.

— Appelle-moi pas Ti-Jean, j'aime pas ça… Viens, on va aller s'asseoir s'une roche… Viens, m'a t'aider, mon vieux Carl…

— J'veux ben arrêter d'te caller Ti-Jean, mais va falloir que toi, t'arrête de m'caller Carl. Icitte, m'appelle Charles. Charles Leblanc.

Jean attrapa la ceinture du pantalon de Charles d'une main. Il l'aida à se lever et à marcher jusqu'au bord de l'eau puis il l'aida à s'asseoir sur le premier des gros cailloux emmenés par les marées. Jean voulait aller plus loin, mais Charles refusa. Il allait être très bien là. Devant, l'île au Massacre était belle.

Jean tenait le baggie entre ses doigts et un sourire un peu dément lui illuminait le visage. Charles le regardait du coin de l'œil, pas convaincu du tout.

— T'es nuts, man... J'peux pas ça! It'll kill me now.

— Il y a un anthropologue, il s'appelle Terence McKenna, qui pense que c'est à cause des champignons que l'humain a inventé Dieu.

— Invented God. Ha! j'pensa qu'c'ta Dieu qui ava invented l'homme, moé!

— McKenna (pis d'autres aussi)... Mais c'est peut-être trop compliqué...

— Quessé, compliqué?! Think I'm stupid?

Jean avala un gros morceau de psylocibine en souriant.

— Écoute ça, mon Carl. S'cuse : mon Charles. D'après ce gars-là, la psylocibine, le champignon magique, c'était la nourriture des dieux. Tu sais qu'nos ancêtres ont été nomades longtemps avant d's'installer. Des chasseurs-cueilleurs qu'on appelle ça... Ça veut dire qu'y s'promenaient tout le temps, qu'y dormaient ousqu'y pouvaient, pis qu'y mangeaient c'qu'y trouvaient...

— Dret comme moé pis toé ça...

— D'une certaine manière oui. À un moment donné, la femme s'est rendu compte que su la marde du gnou, ou du buffle, entéka, su la marde de l'ancêtre de nos vaches, y poussait un p'tit champignon... La madame avait faim, fait qu'a l'en a mangé un peu. Ça l'a écœurée au max, mais a l'en a mangé pareil. Elle a eu mal au ventre un peu, mais ça lui a quand même enlevé la faim. La première fois, elle s'est juste sentie un peu bizarre, buzzée un peu, mais elle en avait pas assez mangé pour vraiment triper. Une autre fois, son bonhomme était pas revenu d'la chasse depuis trois jours, elle en a trouvé encore sur une autre bouze... Elle en a remangé. Ça s'est adonné qu'il y en avait un max pis que notre madame avait faim que l'crisse, fa qu'a l'en a mangé vraiment un gros paquet. C'était pas bon, ça y a donné mal au cœur mais, au moins, pendant ce temps-là, a l'a pas eu faim.

Au bout d'une heure, a l'a commencé à voir des affaires pas mal bizarres... Les couleurs se mélangeaient, pis les cailloux, les arbres, les feuilles, les insectes, les animaux pis même les nuages dans le ciel se sont mis à bouger pas pareil que d'habitude. C'était puissant! Y'avait pu rien qui était pareil qu'avant! A sentait pus sa peau de la même manière. Pis au bout d'deux heures (imagine, la fille en a peut-être mangé cinquante fois plus que not ti-bag là), a l'a commencé à voir des bibites étranges se promener autour d'elle... Y'avait des oiseaux immenses avec des grosses serres pis des éclairs qui leu sortaient des yeux, du bec pis d'en-t'sour des ailes, y'avait des araignées avec des centaines de pattes pis même des serpents qui essayaient d'y manger la tête!

Ça a duré trois autres heures... et pis ça a fini par se calmer. Là, elle s'est sentie bien, tu peux pas t'imaginer!! J'te dis, elle a passé six heures toute trempe. Elle touchait sa peau pis elle aimait vraiment beaucoup ce que ça lui faisait. A s'était jamais sentie d'même. Le monde changeait et pis elle avec. Quand son chum est arrivé d'la chasse, a y'a sauté d'ssus! A l'a gavé de mush, pis y t'ont eu tout un fun, comme y'en avaient jamais eu avant. Y v'naient de découvrir le plaisir.

Deux, trois jours plus tard, la madame a trouvé d'autres mushs sur une autre bouze de yak ou de gnou. Y'en ont pris encore, ensemble, pis c'te fois-là, y s'sont raconté leur trip au fur et à mesure. Ils se décrivaient leurs hallucinations. Ils inventaient d'autres mondes.

En fait, ils ont inventé le monde.

Comme ça poussait dans la marde de ruminants, ils ont formé un premier troupeau, pour y avoir accès all the time. Comme c'est les gars qui chassaient, c'était bin plus souvent qu'autrement les femmes qui bouffaient les mushs. Elles ont commencé à se raconter leurs histoires. Elles décrivaient leurs visions pis les relations qu'elles entretenaient avec les bêtes dans leurs hallucinations. P'tit à p'tit, elles ont établi leurs manières de vivre ensemble à partir de ces délires-là.

La nuit comme le jour, les étoiles, le soleil et la lune sont devenus la toile de fond de tout un monde à imaginer, à formuler. Les femmes ont commencé à reconnaître des formes pis à les comparer à ce qui les entourait, aux animaux, aux végétaux... Mais, surtout, elles se sont mises à les associer aux images qu'elles avaient inventées grâce à la drogue! Elle sont devenues les premières prêtresses. Et quand elles sont mortes, les plus jeunes se sont mises à parler d'elles pis de leurs visions pour comprendre le monde. Au bout de trois ou quatre générations, les ancêtres avaient déjà pris la forme de déesses et pis leurs histoires ont fini par être attribuées à une seule d'entre elles : la grande Déesse.

Mais yé v'nu un moment donné ousque les gars se sont tannés. Par jalousie, par soif de pouvoir, j'sais pas trop, pis p't-être un peu des deux, mais y'ont réécrit l'histoire en inventant un autre Dieu. Un mâle plus grand que tout... Mais surtout (pis c'est ben ça qui est le pire) y s'sont mis à dire que les mushs, c'était le mal, le diable, l'enfer. Y'ont dit que le paradis était pardu à cause que les femmes avaient mangé les mushs, pis tout un paquet d'autres niaiseries.

Plus tard, bin plus tard, des millénaires plus tard, y'ont écrit tout ça pis ça donné un livre qui s'appelle la Bible.

— Quoi!? Eille man, you're stoner que j'pensa!

— Le fruit défendu, qui c'est qui a dit que c'était une pomme? C'est les curés! Sauf que ça pas d'crisse de sens! Sinon, pourquoi ç'qu'on en mangerait comme on en mange? Non non non. Le fruit défendu, mon Charles, c'est les mushs! Parce qu'avec ça, tu deviens dret pareil comme un dieu. T'inventes le monde!

— Bon bin donne-moi-z'en d'tes mushs, d'abord... J'veux v'nir un dieu moé tou!

Charles attrapa une grosse tête de champignon et la chiqua en grimaçant. Jean le regarda en souriant. La marée montait encore, le soleil qui se couchait était chaud et Jean s'étendit sur le sable pour admirer le ciel qui devint de plus en plus noir, puis se constella d'étoiles. Le vieux sortit sa trompette, mais il ne joua pas. Il chanta dans l'embouchure. Jean reconnut les premières notes de *So What* de Miles Davis. Charles n'avait presque plus de souffle et Jean, qui sentait déjà les premières montées de champignons lui démanger les doigts, attrapa sa trompette pour prendre le relais de son ami, qui n'avait même plus assez de force pour entamer le solo.

Les deux amis jouèrent la pièce bien tristement, sur la grève en face de l'île au Massacre, au Bic.

La marée montait et la pointe aux Anglais derrière eux était embrasée par le soleil couchant. Il y avait quelques oies qui n'avaient pas encore poussé plus au nord, et à l'est il y avait la mer, grande flaque de tous les crachats de tous les ivrognes des Amériques. Grande mare ultime de tous les dégoûts, le début et la fin de tous nos rêves.

Ils passèrent la nuit là, à compter les étoiles dans le ciel. Ils y virent les ourses, les serpents, les caribous et les grands oiseaux se former et se déformer.

Chapitre 26

Charles était assis sur le petit trottoir de ciment effrité au bord de la route du fleuve à Sainte-Luce, juste passé Rimouski. Ils s'étaient arrêtés au Canadian Tire pour acheter deux sacs de couchage. Le printemps avait beau être beau, les nuits étaient pas mal plus fraîches que dans le sud. Tandis que Jean vidait le coffre du Station, Charles buvait à toutes petites gorgées à même une bouteille de rhum, juste en haut de la plage. Il ne semblait pas trop souffrir, mais il tremblait un peu et il ne disait rien.

En bas du muret, des couples marchaient sur la grève et des enfants cherchaient des carapaces vides de crabes échoués. La mer était basse et l'odeur de varech faisait sourire Jean.

Charles était en admiration devant la mer. Ses yeux plissés ne se rappelaient plus avoir vu si loin. La dernière fois qu'il était venu là, il était encore trop jeune pour avoir appris à regarder.

Ce midi-là, le soleil était haut et chaud ; le vieux trompettiste enleva sa chemise. Ses tatouages étaient totalement délavés, tannés par le soleil, et ramollis, comme sa peau, par le temps. Jean décida lui aussi de se mettre torse nu. Ses tatouages étaient plus récents, évidemment, et plus nombreux. Ses épaules en étaient couvertes, comme ses bras jusqu'au coude et une partie de son dos. Il pointa le moins beau, un soleil qui avait dû être rouge à une certaine époque et au centre duquel il y avait trois lettres : R.O.X.

— C'est celui-là le premier. Je l'ai fait faire en 83. J'avais treize ans. J'étais parti tout seul, de Trois-Pistoles, sul pouce, pour aller voir The Police au Stade à Montréal. Mon chum Séguin devait venir avec moi, mais y'a chickenné out le matin même du départ. En fait, le pire, c'est que c'est lui-même qui m'avait convaincu d'acheter les tickets... As-tu connu ça, toi, The Police?

— J'en ai rencontré toutt un ostie d'paquet, mais pas un qui faisa d'la musique!

— Eille, man... The Police : Andy Summer, Stewart Copeland, Sting...

— Sting, I know... La voix de queer, comme les Bee Gees là?

— Quessé tu racontes là, man?... Rien à voir. Eille, Sting la voix des Bee Gees... Fuck!...

— OK, OK. Pis après?

— Pis après quoi?

— Rox...

— J'me suis rendu assez facilement à Montréal, sauf que j'avais pas une cenne pis j'connaissais personne. Séguin avait un vague cousin chez qui on était s'posés aller coucher, mais bon, Séguin était pas venu, fa que j'étais dans marde... Tout ce que j'avais, c'tait un ticket de trop, que j'voulais vendre pour me faire un peu d'cash pour manger pis pour prendre le bus le lendemain matin après le show. Quand j'suis arrivé au Stade, y t'avait un monde là, mon ami! Les scalpers vendaient les derniers tickets, pis avec leu faces de tueurs, j'ai pas osé sortir le mien... C'est sûr que j'avais pas envie d'me faire péter la yeule, mais j'avais pas envie non plus de perdre le fric... J'étais, comme qu'on dit, confus... À un moment donné, je l'ai vue. Elle était assise sur des marches de ciment, la tête entre les genoux, pis a pleurait... Dieu qu'elle était belle! J'me suis approché pis j'y ai d'mandé si j'pouvais faire quelque chose pour elle. Elle a levé sur moi une regard haineux comme j'en avais jamais vu, pis elle m'a dit :

— Ah va don chier, p'tit con!

J'y ai répondu :

— OK.

Pis j'me suis éloigné. J'ai continué à la checker de loin. Je l'ai vue r'tourner voir le scalper, pis je l'ai vue l'implorer... L'ostie d'chien sale voulait pas baisser son prix. Elle avait trois bills de vingt dans les mains, pis j'pouvais lire sur les lèvres du gros : «cent». Plus ça allait, plus la fille était découragée. Finalement, j'ai compris que le gros lui proposait le ticket à soixante piasses plus une pipe. J'ai lu sur les lèvres de la fille :

— Va chier, gros sale.

Elle est retournée s'asseoir sur les marches de ciment pis elle a continué à pleurer.

J'ai pris mon deuxième ticket dans ma main pis j'me suis approché d'elle une autre fois. Elle a levé les mêmes yeux sur moi.

— Qu'est-ce tu veux encore, toé? Va chier pis crisse-moé patience.

— Donne-moé vingt piasses.

Elle a vu le ticket dans ma main.

La soirée que j'ai passée! Imagine, la fille s'appelait Roxane, dret comme dans' toune! On est partis sul pouce en pleine nuite après l'show. On s'est endormis dans le coin de Sainte-Julie, dans un fossé sul bord d'la 20. Le lendemain, elle s'est arrêtée à Québec pis moi, en arrivant à Trois-Pistoles, j'me suis fait tatouer son nom avec le vingt piasses du ticket.

Je l'ai jamais revue.

Charles écoutait l'histoire de Jean en souriant, avec l'air de dire que le jeune lui ressemblait encore plus qu'il ne l'avait imaginé au départ de cette cavalcade insensée.

Ils reprirent la route lentement, et les premières gouttes d'une pluie grise commencèrent à s'écraser sur le pare-brise un peu passé Sainte-Angèle. Jean ne s'arrêta nulle part dans la vallée de la Matapédia. Charles dormait derrière sans se plaindre et la route était belle malgré la pluie froide.

Chapitre 27

Depuis la veille, le printemps avait repris ses droits, se donnant même des airs d'automne prématuré dans cette petite aurore fraîche. La lumière du matin se rendait en peinant jusqu'à la voiture garée dans un champ de boue, entre deux fardiers, dans le parking d'un truck-stop/motel/bar près de l'embouchure de la rivière Matapédia.

Les vitres étaient embuées et, toutes les cinq secondes, les ronflements de Charles se faisaient assez puissants pour enterrer le vrombissement des moteurs qui tournaient pour garder au chaud les hommes endormis dans la nuit fraîche de ce mois de mai.

Une fille en jupe trop courte frissonna en descendant d'un gros Mack parqué juste en face du Station. Jean sursauta et entrouvrit un œil quand il entendit la portière du camion claquer.

La fille titubait un peu, ses talons s'enfonçaient dans la boue et elle serrait son petit manteau en faux léopard sur ses seins mous. Son regard fouillait entre les camions et les gouttes de pluie froide. Elle piétinait en cherchant quelque chose.

Elle s'accroupit enfin entre deux poids lourds et pissa sans enlever de petite culotte. Pendant de longues secondes, un jet d'urine chaude fit éclabousser l'eau de la mare boueuse sur ses mollets. Un petit nuage de brume se forma au contact de l'urine avec l'eau froide et sale et puis monta le long du pneu du camion contre lequel elle se vidait la vessie.

Jean épiait chacun de ses mouvements. Dès qu'elle s'était baissée, il avait bandé. Charles ronflait, encore étendu de tout son long parmi les bagages en arrière. À travers son pantalon, Jean se caressa la queue tandis que la fille continuait de pisser. Elle se releva, s'essuya le cul puis lança son kleenex derrière elle. Comme le Station était garé entre les deux rangées de camions, elle devait passer tout près de Jean pour retourner faire la grue à l'entrée du stationnement.

Jean se branlait maintenant pour de vrai. Il y avait longtemps qu'il ne s'était pas mis et les ronflements de Charles lui indiquaient qu'il disposait de toute l'intimité dont il pouvait avoir besoin. La fille s'approcha de la fenêtre embuée, un petit sourire aux lèvres. Jean, la tête renversée, les yeux un peu révulsés, continuait de se branler. De l'autre main, il ouvrit la fenêtre.

— Donne-moé un vingt pis j'te suce, mon beau.

— J'ai juste un dix.

— J'te fais ça à main, d'abord.

Jean ouvrit la portière et glissa ses jambes dehors. Il se coucha de travers sur le siège et sortit dix dollars de sa poche. La fille se mis alors à l'astiquer.

— Ah pis t'es tellement cute...

Elle lui sourit et se mit à genoux dans la boue. Elle prit sa queue dans sa bouche et Jean se mit à gémir. Il jouit trop rapidement. La fille se releva et recracha le sperme par terre. Elle lui sourit encore et fourra l'argent dans ses bottes de cow-boy avant de continuer son chemin. Jean rentra ses jambes et ferma doucement la portière.

Quelques secondes plus tard, Charles se réveillait en poussant un grognement.

Chapitre 28

L'asphalte en face du motel ruisselait et Charles Leblanc dansait en rond dans la chambre miteuse, tout seul avec sa robe saumon. Il avait du mal à se tenir debout, on aurait dit que c'était la robe qui l'empêchait de s'effondrer.

Le motel était vieux et crasseux, les murs trop minces, probablement construits dans les années soixante-dix, plus jamais retapés depuis et peut-être même pas lavés non plus. Les pluies violentes du mois d'avril n'avaient pas réussi à nettoyer tout ça.

Le bar était juste au bout de la rangée de motels et il servait aussi de bureau de location. Il n'y avait jamais grand monde : un patron aussi visqueux que ses murs gras, un ou deux clients qui restaient rarement très longtemps et Julie, la barmaid, qui venait prendre la relève du gros visqueux tous les soirs vers vingt et une heures jusqu'à la fermeture. Jean trouva Julie très jolie. Elle était menue et elle lui rappela l'artiste en minijupe, à Brooklyn, et aussi un peu Roxane, mais c'était probablement parce qu'il venait à peine d'en parler, quelques jours plus tôt.

Il était trois heures trente du matin et Julie venait de terminer son service. Jean se retint à deux mains d'aller à sa rencontre.

Depuis qu'ils étaient là, Charles semblait ne plus vouloir continuer. Chaque fois que Jean lui proposait de reprendre la route, le vieux grommelait en se retournant dans le lit.

— Fa trop fret.

Jean passait donc le plus clair de ses journées dans le Station à ne pas savoir quoi faire. Il observait les allées et venues dans le bar, il ne dormait que par petites périodes. Il aurait voulu avoir un livre pour se perdre dans une histoire qui ne lui appartiendrait pas, un univers qui l'arracherait à la tristesse du Station humide. La pluie n'avait pas cessé depuis Rimouski.

Charles dormait tout le temps. Il ne lui restait pourtant plus beaucoup de route à dérouler, mais il semblait à Jean que son ami ne pourrait bientôt plus endurer les déplacements. Chaque fois que Jean percevait du mouvement dans le motel, il entrait et demandait à Charles s'il avait envie de repartir.

Rouler avait toujours été pour Charles comme un doux tangage qui le poussait en avant. Il avait depuis longtemps compris qu'il ne ferait pas cesser ce mouvement autrement qu'en mourant. Même s'il avait aimé la route plus que tout, il s'était foutu de tout ce qu'elle avait eu à lui montrer. La destination avait été sa seule motivation, et jamais n'avait-elle autant importé que ce jour-là. Finalement, il réalisait qu'il n'avait eu d'autre objectif que celui dont il s'approchait finalement : la maison. Home. Le Paradis. Charles Leblanc ne connaissait rien d'autre de lui-même que les images que sa trompette lui avait renvoyées. Depuis trois jours, elle ne quittait plus ses lèvres. Quand il dormait, il la serrait contre lui, comme un enfant son ourson ou un amant sa fiancée. Elle était toutes les lèvres de toutes les femmes qu'il avait connues et qui l'avaient embrassé. Lorsqu'il se réveillait, il essayait toujours de jouer. Il gardait les yeux fermés, comme pour ramasser toute son énergie, ses lèvres se serraient contre le métal, et il se mettait à murmurer des choses que Jean n'entendait pas. On aurait dit que Charles s'adressait à son instrument cuivré. Le vieil homme était épuisé, il ne restait jamais éveillé très longtemps. Il ne se piquait même plus. Et il ne fumait pas plus qu'il ne buvait. C'était presque fini.

— Je passais mes grandes journées sur le pas de la porte de la chambre du motel en maudissant tous mes amis qui s'étaient tués. J'ai jamais compris comment on en vient à tenir si peu à la vie. Crisse… Je r'garde Charles qui s'accroche jusqu'à son dernier filet d'air... Y'en a qui s'suicident, y'en a qui veulent pas mourir. C'est peut-être juste une question de douleur. Y'en a qui faut qu'y fassent taire le bruit dans leur tête pis que la seule manière, c'est d'tirer la plogue. Sauf que, quand tu te tires une balle dans la tête, c'est juste le commencement de la souffrance pour ceux qui restent en vie pis à qui tu vas manquer.

Peut-être que c'est comme une balance, peut-être que c'est la seule crisse de justice... On meurt quand la somme de nos malheurs pis d'nos douleurs dépasse celle de nos bonheurs, de nos plaisirs pis surtout de nos espoirs…

— Qu'est-ce qui te r'tient en vie, Charles?

— J'ai peur…

Sa trompette au bec, les poumons trop faibles, les lèvres trop molles, Charles avait probablement l'impression d'embrasser sa Jayne.

Un peu comme si Jean voulait éviter d'affronter l'échéance, il laissait Charles dormir. Il passait ses journées à boire et à fumer assis dans le Station ou sur le minuscule perron du motel où gémissait son ami. Il n'osa pas mettre les pieds au bar. L'endroit l'attirait tout en le faisant frissonner. Jean sentait qu'il risquait quelque chose s'il y entrait. Il attendait que Charles décide de partir. Jean s'était mis à l'entière disposition de son vieil ami et il ne voulait surtout pas rater l'instant où ce dernier déciderait que la route s'arrêtait. Il regardait la porte noire du bar et il était convaincu qu'elle l'avalerait pour ne plus jamais le laisser repartir s'il avait le malheur de la passer. Il buvait sur le petit perron pourri de son motel humide ou assis dans le coffre puant la sueur et l'alcool de son futur char. Et il fumait sans cesse.

— Toutes les nuits je r'gardais la barmaid fermer le bar. J'arrivais pas à savoir si c'était un ange ou un démon que j'voyais. Peut-être qu'elle rentrait chez elle, au petit matin, après la fermeture, pour peindre elle aussi. Peut-être qu'elle passait ses fins de nuit à attendre des aubes impossibles pour y capturer des sourires un peu blêmes, comme un contentement fabuleux qui illuminerait les cœurs une fois que les démons se s'raient évanouis. Une fois que nos peurs de ti-culs se s'raient endormies.

Chapitre 29

Des bribes de *Song of the Open Road* s'éveillaient dans la mémoire de Jean. Sa mère lui avait offert *Leaves of Grass* du vieux Whitman (sur la recommandation de VLB), le jour où Jean avait quitté le nid familial, sa trompette sous le bras et son sac sur le dos. Ça avait longtemps été son livre de référence, sa bible, son journal. Depuis ces années, il nourrissait le vieux rêve d'en faire une version dub. Ils étaient maintenant coincés là et l'idée lui revenait, lui tournait en tête, l'obsédait encore. Jean regardait Charles et il avait l'impression que son ami, en s'approchant de la mort, se mettait à ressembler au vieux poète. Il y avait, tant dans la poésie du premier que dans la musique du second, un amour profond de cette terre de même qu'une certaine idée du paradis mythique.

Allons ! The road is before us !
It is safe – I have tried it – my own feet have tried it well.
Allons ! Be not detain'd !
Let the paper remain on the desk unwritten, and the book on the shelf unopen'd !
Let the tools remain in the workshop ! Let the money remain unearn'd !
Let the school stand ! Mind not the cry of the teacher !

Let the preacher preach in his pulpit! Let the lawyer plead in the court, and the judge expound the law.

Mon enfant! I give you my hand!

I give you my love, more precious than money,

I give you myself, before preaching or law;

Will you give me yourself? Will you come travel with me?

Shall we stick by each other as long as we live?

Chapitre 30

Charles, couché tout habillé sur le couvre-lit brun du motel, rêvait de la chaleur sèche du désert. Mais c'étaient les embruns de la baie des Chaleurs toute proche qui lui salaient les lèvres.

La nuit était noire et Jean, saoul, en eut finalement marre. Charles, étendu sur le lit pouilleux d'une chambre de motel miteuse sur le bord de la route 132, était devenu tout frêle. Il n'avait presque pas mangé depuis une semaine. Il ne prendrait plus aucune décision.

Jean s'accroupit près de lui. Il ne savait pas quoi dire, et tandis qu'il cherchait ses mots, ce sont ceux de Pablo Neruda, qu'une amie, folle du poète chilien, lui avait fait découvrir quelques années auparavant, qui lui revinrent en mémoire. Il chuchota à l'oreille de Charles.

Qui se meurt?
Meurt lentement celui qui devient esclave de la
routine, répétant tous les jours les mêmes trajets,
qui ne change jamais de marque, qui refuse de porter
une nouvelle couleur ou de parler à un inconnu.

Meurt lentement celui qui évite la passion, celui qui
préfère le noir sur le blanc et les points sur les « i »
à un tourbillon d'émotions, celles-là même qui redonnent
la flamme dans les yeux, le sourire aux bâillements et
le cœur aux erreurs et aux sentiments.

Meurt lentement celui qui ne bouscule pas la table
quand il est insatisfait de son travail, qui ne risque
jamais de perdre le certain pour l'incertain afin de
réaliser ce rêve qui le garde éveillé, qui ne se
permet pas au moins une fois dans sa vie de fuir les
conseils raisonnables et sensés.

Meurt lentement celui qui ne voyage pas, ne lit pas,
n'écoute pas de musique ou ne voit pas la beauté en
lui-même.

Meurt lentement celui qui détruit son propre amour,
celui qui refuse l'aide des autres.

Meurt lentement qui passe son temps à se plaindre de
sa malchance ou de la pluie incessante.

Meurt lentement qui abandonne un projet avant même de
le commencer, qui ne pose jamais de questions sur un
sujet qu'il ne connaît pas ou qui ne répond pas
lorsqu'on l'interroge sur quelque chose qu'il
connaît.

Meurt lentement qui ne partage pas ses émotions,
joyeuses ou tristes, qui ne fait pas confiance, qui
n'essaie même pas.

Meurt lentement qui n'essaie pas de se surpasser, qui n'apprend pas de chacune des embûches sur le chemin de la vie, qui n'aime ni ne se laisse aimer.

Évitons de mourir à petit feu, en se rappelant toujours qu'être en vie exige un effort beaucoup plus grand que le simple fait de respirer.

Jean prit une gorgée de bière et ajouta, pour lui seul peut-être :
— Pablo Neruda.

Chapitre 31

Rien ne bougeait autour du motel. Sauf la fille des camions qui continuait de se faire aller dans le parking. Jean souleva Charles de son lit et le prit dans ses bras pour l'installer dans le fond du Station. Il avait passé la soirée à en sortir les bouteilles, il avait rangé le pneu crevé et étendu le sac de couchage vert par-dessus le linge sale. Charles le regardait en souriant faiblement. Il y avait dans ce sourire toute la tristesse que la résignation peut laisser entrevoir. Ses yeux parlaient, ils racontaient toute son histoire. Ils racontaient la vie, la mort. Ses yeux parlaient de la fin du monde.

Jean s'est installé au volant et a démarré sans regarder derrière lui. Il a roulé vraiment très lentement et un peu moins d'une heure plus tard, il quittait la 132 pour monter dans la forêt vive.

À travers les branches des arbres, les étoiles semblaient de plus en plus proches.

La vieille carcasse un peu tordue de Charles cessa de le faire souffrir quelque part en route, dans la grande côte en montant.

Juste avant de mourir, Charles vit danser, par la vitre ouverte de son vieux Oldsmobile Station Wagon vert 1984, les fils électriques sur le mauve foncé du ciel. Des anges aux ailes déployées lui apparurent. C'est en les voyant voler entre les cimes des arbres qu'il poussa son dernier soupir, le bec collé à sa trompette. Charles Leblanc mourut comme une fleur fanée tombe au sol. Il fit entendre une note finale, un *si* bémol, tous pistons ouverts. Une note faible poussée par un vieux poumon qui se vide de son dernier souffle. Personne n'entendit, que le vent qui sifflait entre les branches des épinettes et les feuilles encore tendres des bouleaux au printemps.

Jean roulait lentement, pour ne pas trop bousculer son ami. C'était la nuit et il sentait sous ses roues qu'il n'y avait plus de route. De chaque côté, des arbustes poussaient dans l'asphalte fendillé et des buissons forçaient pour se réunir au centre du chemin crevassé qui menait au village et qui n'avait pas été entretenu depuis trop longtemps. Le chemin était constellé de nids-de-poule et des racines sortaient de terre. De toute évidence, plus personne ne passait par là, sauf peut-être quelques chasseurs ou quelques curieux nostalgiques.

Dans la nuit noire, les étoiles brillaient de plus en plus ardemment entre les branches touffues de la jeune forêt. Des arbres cassés obstruaient le chemin de temps en temps et Jean devait rouler à peine plus vite qu'au pas de marche pour éviter les obstacles. Les deux fois où il dut descendre pour déblayer le passage devant la voiture, il sentit la peur gronder dans son ventre. Des ombres dansaient dans la forêt et Jean crut même apercevoir la silhouette blême d'un homme nu qui courait entre les arbres.

Il entendit des craquements dans les bois et une forte odeur de bête lui leva un peu le cœur. Il ne sut jamais qu'il avait croisé la grande mère Ourse. Celle des récits fabuleux des temps anciens...

En sortant de la voiture pour dégager de nouveau le passage, il crut que l'odeur le pourchassait. L'Ourse, curieuse, devait le suivre. Jean trébucha aussi sur le cadavre d'un bébé caribou, probablement mort de faim et que sa mère avait dû abandonner. Le corps n'avait même pas encore atteint la raideur cadavérique et Jean eut l'impression de botter un ventre vivant.

Jean commençait à sauter sa coche. Il pensait que Charles s'était foutu de lui depuis trois semaines qu'il le transportait, qu'il le soignait et qu'il le dorlotait. Il était au bord des larmes. Il avait l'impression de devenir fou.

— Eille, on arrive-tu, tabarnak? Yé où, ton ostie d'village… Y fait fret pis j'ai soif, câlisse… Maudit crisse sale. On est perdus dans l'bois bin raide! Tu vas m'faire accroire qu'y a un village par icitte, toi? Me semble qu'on devrait avoir vu une pancarte, calvaire! Moi, j'r'vire de bord. M'en r'tourne au motel…

Pendant qu'il faisait demi-tour, les phares du Oldsmobile Station Wagon vert 84 éclairèrent les pierres d'un petit cimetière. Jean resta cloué. Il frissonna et le souvenir de l'ombre blanchâtre de l'homme nu le fit presque paniquer. L'odeur de l'Ourse était de plus en plus forte et il eut aussi l'impression de voir courir le petit caribou entre les pierres tombales.

— Fuck…

Il descendit lentement de voiture et avança vers les tombes. Il se retourna ensuite et regarda autour de lui.

— Quessé ça, stie?

Chapitre 32

Jean revint dans le Station. Il ramassa sa trompette. Malgré les fantômes, les démons et la présence des animaux dans les bois tout autour de lui, il fit lentement le tour de la voiture. Il abaissa le hayon et s'assit dessus en regardant le corps inanimé de Charles, qui avait presque l'air de dormir. Sauf que les couvertures ne se soulevaient ni ne s'affaissaient plus de son souffle de trompettiste. La robe saumon serrée contre son cœur, sa trompette délicatement posée sur ses lèvres mortes, Charles était enfin rentré chez lui.

Jean le regarda longtemps, d'abord à la lueur du plafonnier, puis, au fur et à mesure que le jour se levait, à la lumière vive. La brûlure du soleil se fit de plus en plus intense et, moitié soufflant, moitié parlant, Jean inventa de nouveaux airs pour son ami Charles, mort sur la banquette arrière de son vieux Station.

Il parla comme si le vieux pouvait encore entendre. C'était la première fois qu'il parlait à un cadavre et la peur de devenir fou lui tenait au ventre plus que la peur de la mort elle-même.

— Te souviens-tu sur le bateau, j't'ai promis de t'ramener dans ton village… Crisse… Le v'là ton paradis, la v'là ta terre promise… Depuis deux semaines, l'air de rien, j't'emmène à ta mort… C'était pas supposé m'arriver à moi, ça : on m'a toujours dit qu'j'avais pas eu de père… Peut-être que finalement j'ai été assez chanceux pour avoir un grand-père pendant queks semaines.

C'est correct que ça s'arrête comme ça. Sinon, peut-être que ça aurait été impossible. Toi, t'es resté loin de tout. T'as toujours été en dehors de ta propre vie, inaccessible… Même si j'ai l'impression qu'on a été proches, il y aurait quand même tout l'temps eu une distance entre toi pis moi… J'vas m'en souvenir longtemps de ces trois semaines-là, tu peux être sûr… Quand la douleur te tordait pas trop les intestins, quand tu délirais pas trop, quand t'étais cohérent, tu m'as fait vivre mes plus beaux instants…

J'aurais aimé ça t'avoir avec moi un peu plus longtemps… J'aurais aimé ça te comprendre, comprendre ta vie… parce qu'encore plus l'fun que tout c'que tu racontais, y'avait surtout tout c'que tu racontais pas… Des bribes de confidences… perdues dans les vapeurs de toutes tes osties de dépendances… Tes lubies, la réalité… J'ai finalement jamais été trop sûr que j'séparais le vrai du faux dans tout ce que tu disais. J'sais même pas si toi-même tu faisais la différence entre les paraboles que ton illumination dessinait pis la réalité.

Ça' p't-être même pas d'importance, après tout. C'est p't-être même pas grave…

Crisse que j'espère jamais devenir comme toi! Toujours loin, toujours inatteignable…

J'ai été un chauffeur de luxe pour un paumé en train de crever.

J'ai été un passeur qui gagnera rien d'autre qu'un vieux char usé à' corde.

Vieux crisse de fou... T'avais tout compris depuis le début. Tu t'es arrangé pour mourir avant que le pire de tes mensonges te saute dans face. Ta déchéance aura eu raison de ton inconscience.

Tu t'es crossé toute ta vie dans une crisse de robe... Jusqu'au boutt dans un vieux rêve érotique.

Tout le monde s'est toujours vidé de son sang autour de toi pour combler les moindres de tes osties d'désirs. T'es un ostie de vampire! Un sucker...

As-tu déjà été capable de r'garder quelqu'un dans les yeux pis d'lui dire : «Je t'aime»? Quelqu'un de vrai, là! Pas une crisse de robe!

Jean jouait en parlant, il pleurait, criait... Assis sur le hayon rabattu de son Oldsmobile Station Wagon vert 1984.

— Tu s'ras mort sans même te rendre compte que t'étais pas tout seul sur terre...

C'est triste en crisse.

En attendant, t'as essayé de te faire accroire que t'avais compris l'amour. Y'a rien de plus facile à aimer qu'un fantôme, mon pauv Charles...

Jean hurla comme un loup. Les oiseaux s'envolèrent dans le soleil levant et un coyote lui répondit, de très très loin. Il entendit comme un curieux air de trompette se mêler aux hurlements du canidé.

— Maudit crisse de téteux de petite bière qui geint qu'y fait pitié, qui s'plaint qu'personne le comprend... MAMAMAMAMAMAN...

L'air de trompette étrange commençait à ressembler à un cri de douleur. Jean lui répondit avec sa trompette.

— Fait que c'est ça. Plus rien à dire.

T'es mort.

Ça fait trois semaines qu'on est sur la route. Ça y est, on r'trouve ton vieux père pis ta vieille mère. Fuck… Même si y avait du monde de deux cent cinquante-six ans dans ton manoir, j'savais bin qu'ton vieux pis ta vieille étaient morts pis enterrés depuis un crisse de boutt!

Toutt ton crisse de village, y'existe même pus.

Je t'ai trimballé quand même… Comme un ostie de crétin. Pis j'sais même pas pourquoi… Peut-être parce que j'pensais qu'tu pouvais m'apprendre quek chose. Entéka, j'suis pas v'nu pour ta minoune, ça, c'est sûr… On s'en crisse de tes vieilleries.

Pendant tes trois derniers jours de délire, tu m'as montré ta crisse de robe chaque fois que je me suis approché de toi. Comme si tu voulais me la donner. J'peux essayer d'faire sonner tes rêves dans ton horn, mon Charles, mais j'espère que tu t'imaginais pas que j'allais danser toutes les nuites avec ta robe!

On est arrivés. On a pogné le boutt du ch'min. C'est notre stop. T'as pus besoin d'argent… T'as même pus besoin d'dope, mon Charles. On dirait qu'tu t'es pratiqué pour pus avoir besoin de pomper, pour pus avoir besoin de lumière. On dirait qu'tu t'es pratiqué pour le sommeil éternel…

T'es arrivé… Mais y reste pus une crisse de maison dans ton St. Louis. Rien qu'du bois tout le tour.

Ton village est aussi mort que toi, Charles… Pfuitt fini… T'es mort avant d'arriver.

D'la même manière qu'un croyant verrait saint Pierre l'accueillir aux portes du Paradis, t'es probablement en train de danser avec ta Jayne dans la rue principale de *St. Louis d'Gaspe Peninsula*, les poches pleines de cash, devant ta mère pis ton père, fiers comme des Gaspésiens de leur fils prodigue. J't'imagine ben… Ti-Coq qui danse au son du plus beau de tous les sons d'trompette du monde. En bas du perron de ta maison, avec tes frères pis tes sœurs, ébahis de te voir enfin revenu.

Tu y as tellement cru… C'est la seule chose qui peut rester… C'est comme ça que t'es mort, mon Charles.

Au moins, t'es mort heureux.

Chapitre 33

L e soleil passait entre les branches des arbres quand Jean se réveilla assis à sa place dans la voiture, seul. Il avait l'impression d'avoir dormi pendant des jours. Le corps de Charles n'était plus derrière lui. Il n'y avait que les bagages, les sacs de couchage et les bouteilles vides. Jean sortit et se mit à arpenter les quelques allées du cimetière. Le gazon était fraîchement tondu et la plupart des tombes étaient bien entretenues. Une d'elles attira son attention.

Le késse de Charles était posé sur la pelouse. Dedans, il y avait la trompette, enroulée dans la robe saumon et, sous la robe, Jean trouva trente-quatre liasses de cinquante billets de vingt dollars américains.

Sur une petite pierre blanche, était écrit : «Charles Leblanc 1930- ». Jean grava les chiffres 2004 avant de revenir au Station avec la trompette, la robe et l'argent. Il se roula un gros joint, assis sur le capot avec son héritage. Tandis qu'il fumait, seul dans les bois, un aigle vint se poser sur la cime d'un des rares grands arbres encore debout dans cette forêt. Ses glatissements ressemblaient à certains sons que Jean avait entendu Charles sortir de sa trompette. Jean écouta longuement l'oiseau avant de prendre la trompette de son vieil ami et de lui répondre. L'oiseau se tut puis, en prenant son envol, vint passer tout près de Jean.

Chapitre 34

Jean redescendit la petite route abandonnée un peu plus rapidement qu'à l'aller. Il ne revit ni l'Ourse, ni l'aigle, ni le bébé caribou, ni le fantôme nu de l'homme blanc courant entre les arbres. Il devait être seize heures quand il arriva à Nouvelle. Il parqua le Station sur le bord de la baie des Chaleurs et dormit quelques heures. Il fuma un autre joint avant de reprendre le volant sans trop se demander où il allait. Il arriva devant le motel et son regard s'accrocha à la porte du bar qu'il avait refusé de franchir tandis que son ami agonisait.

C'était un bar de bord de route comme il n'y en a presque plus. Aucun village autour, pas même une maison. Que le bar et le motel plantés au milieu de nulle part.

Jean gara le Station et resta là, assis sans dormir, à regarder la porte noire. Trois camions ronronnaient déjà et, vers vingt heures, Julie arriva.

Peu de temps après, une petite Echo verte se gara et l'autre fille en sortit. Elle envoya un baiser à Jean en passant devant le Station et elle monta dans un des camions. Jean vit une Volvo verte se garer juste en face de la porte et un voyageur de commerce entrer dans le bar. Il vit ensuite le barbu arriver à pied.

Moi, j'étais en route pour Percé, mais la fatigue m'avait rattrapé. J'avais décidé de faire une pause et, une heure après les autres, je passais devant le vieux Station et j'entrais à mon tour.

Nous étions tous assis sur les tabourets au bar. Le barbu n'était vraiment pas beau. Il avait la peau marquée de vieilles cicatrices d'acné qu'une barbe dégarnie et très laide recouvrait mal. Ses cheveux étaient longs et pas très propres. Petite trentaine maganée, les yeux creux, le dos rond. Il tenait son verre à deux mains et, quand il buvait, il commençait par la main gauche. Puis il posait son verre et le reprenait aussitôt de la droite…

Julie lui jetait un œil de temps en temps, mais elle parlait surtout avec l'autre client, le voyageur de commerce. Il n'était pas si mal, juste un peu trop drabe…

Vers vingt-deux heures, la porte noire s'ouvrit et Jean entra. Ses yeux étaient très très rouges et il portait un késse de trompette dans chaque main. Il avait les cheveux courts, quelques boucles d'oreilles, et un tatouage dépassait de sa manche relevée sur son avant-bras gauche. Dehors il s'était mis à pleuvoir comme vache qui pisse et Julie le regarda en souriant doucement :

— Bonjour !

— Une vodka. Straight. Siouplaît.

Julie ne lui souriait pas de la même manière qu'à nous. Elle avait peut-être un faible pour les paumés tatoués. Elle lui servit sa vodka.

— Maudite pluie, han ?

Jean fit « oui » de la tête sans faire une face de beu, mais sans vraiment sourire non plus.

Comme il tremblait, je me rappelle avoir pensé qu'il devait être en manque de quelque chose. Julie lui demanda s'il avait eu peur. Ou froid… Elle ne lui demanda pas s'il était en train de perdre la tête.

Jean but sa vodka juste un peu trop vite et il en commanda une autre, puis une troisième et une quatrième, qu'il descendit comme s'il allait en manquer. Après il commanda une bière et une cinquième vodka. Là, il ralentit un peu.

Julie le regardait boire avec inquiétude. Le vendeur d'assurances commençait à comprendre qu'il avait de moins en moins de chances mais, beau joueur, c'est lui qui s'intéressa le premier à Jean. Il se pencha vers lui :

— T'es sûr que ça va, mon homme ?

— Oui oui…

Julie était contente, elle le regardait en souriant.

— Tu viens d'où ?

Là, les affaires ont été vite. Très vite. Le barbu qui ne disait rien s'est levé d'une claque, un spring dans l'cul qu'on peut dire pour ça. Tout le monde s'est retourné vers lui. On était tous assis au bar et on l'a suivit des yeux jusqu'à ce qu'il soit derrière nous. Julie souriait, mais elle avait un pli sur le front. Le gars s'est arrêté sec. Il avait les yeux rivés sur ses souliers.

— Entéka, les gars, si jamais vous vous faites pisser dan' face, farmez-vous les yeux, parce que ça brûle en tabarnak.

Il est reparti, direct aux toilettes.

Nous l'avons observé s'éloigner et quand la porte des chiottes s'est refermée, nous nous sommes regardés avant d'éclater de rire. Sauf Jean, qui n'a fait que sourire.

Quand le barbu est revenu des toilettes, il s'est rassit et s'est commandé une autre bière. Il a but une première gorgée de la main gauche, puis une autre de la main droite. Il est ensuite resté immobile et silencieux un petit bout de temps, puis il a soupiré avant de reprendre une gorgée de la main gauche, et ainsi de suite, encore et encore. C'est au deuxième silence que Jean a éclaté en sanglots. Julie est passée de notre côté du bar et elle l'a serré contre elle. Le voyageur de commerce a soupiré. Jean s'est arrêté de pleurer assez rapidement et il a raconté toute son histoire d'une traite.

— J'comprends pas que les douaniers aient pas découvert l'argent. C'est fucké… J'imagine que c'est juste parce que c'est pas ça qu'y cherchaient. P't-être que Charles a r'trouvé ça au Québec… J'sais pas… C'est sûrement niaiseux d'même…

Nous l'écoutions en buvant nos bières et en comprenant que Jean venait de recevoir la claque de sa vie. Les dernières semaines passées avec son vieux Charles l'avaient ébranlé. Il regardait avec tendresse la trompette du vieux entre ses doigts, le késse ouvert devant lui, les liasses de billets qui débordaient. Et il y avait la robe saumon, comme une saignée diluée, qui coulait sur le bar entre les bières.

Jean prit la trompette de Charles entre ses mains. Il y fixa l'embouchure et se mit à jouer. Il improvisait, les notes arrivaient, comme ça.

Julie se leva et se mit à danser doucement.

Tous avaient les yeux qui brûlaient, et ce n'était pas parce que quelqu'un leur avait pissé dessus. La robe couleur saumon, en tapon sur le bar, semblait plus lumineuse et le son de la trompette de plus en plus riche, de plus en plus profond.

On aurait dit le cri d'un aigle.

Quand Jean s'arrêta de jouer, Julie s'approcha de lui et le serra de nouveau contre elle, plus tendrement encore.

Dehors, le jour se levait. Nous avions tous passé la nuit là. Jean souriait. Il avait la tête lumineuse.

— J'ai vu ton ombre embrasser la mienne.

— Fais-en un tableau, mon amour…

Remerciements

Merci à Thomy, pour l'image du cimetière en plein bois ; à Félix pour la fraîcheur et la vivacité de ses seize ans ; et à Pierrette (qui n'aura pas eu le temps de lire cette histoire), là où elle est aujourd'hui, pour l'amour de la vie...

Merci aussi à Coco, pour le Mac de secours.